U1020497

阅读之前 没有真相

午 夜 文 库

阿加莎·克里斯蒂

侦探小说

阿加莎·克里斯蒂

Agatha Christie (1890—1976)

无可争议的侦探小说女王，侦探文学史上最伟大的作家之一。

阿加莎·克里斯蒂原名为阿加莎·玛丽·克拉丽莎·米勒，一八九〇年九月十五日生于英国德文郡托基的阿什菲尔德宅邸。她几乎没有接受过正规的教育，但酷爱阅读，尤其痴迷于歇洛克·福尔摩斯的故事。

第一次世界大战期间，阿加莎·克里斯蒂成了一名志愿者。战争结束后，她创作了自己的第一部侦探小说《斯泰尔斯庄园奇案》。几经周折，作品于一九二〇年正式出版，由此开启了克里斯蒂辉煌的创作生涯。一九二六年，《罗杰疑案》由哈珀柯林斯出版公司出版。这部作品一举奠定了阿加莎·克里斯蒂在侦探文学领域不可撼动的地位。之后，她又陆续出版了《东方快车谋杀案》、《ABC 谋杀案》、《尼罗河上的惨案》、《无人生还》、《阳光下的罪恶》等脍炙人口的作品。时至今日，这些作品依然是世界侦探文学宝库里最宝贵的财富。根据她的小说改编而成的舞台剧《捕鼠器》，已经成为世界上公演场次最多的剧目；而在影视改编方面，《东方快车谋杀案》为英格丽·褒曼斩获奥斯卡大奖，《尼罗河上的惨案》更是成为几代人心目中的经典。

阿加莎·克里斯蒂的创作生涯持续了五十余年，总共创作了八十余部侦探小说。她的作品畅销全世界一百多个国家和地区，累计销量已经突破二十亿册。她创造的小胡子侦探波洛和老处女侦探马普尔小姐为读者津津乐道。阿加莎·克里斯蒂是柯南·道尔之后最伟大的侦探小说作家，是侦探文学黄金时代的开创者和集大成者。一九七一年，英国女王授予克里斯蒂爵士称号，以表彰其不朽的贡献。

一九七六年一月十二日，阿加莎·克里斯蒂逝世于英国牛津郡沃灵福德家中，被安葬于牛津郡的圣玛丽教堂墓园，享年八十五岁。

波洛系列

1920 The Mysterious Affair at Styles《斯泰尔斯庄园奇案》
1923 Murder on the Links《高尔夫球场命案》
1924 Poirot Investigates《首相绑架案》
1926 The Murder of Roger Ackroyd《罗杰疑案》
1927 The Big Four《四巨头》
1928 The Mystery of the Blue Train《蓝色列车之谜》
1932 Peril at End House《悬崖山庄奇案》
1933 Lord Edgware Dies《人性记录》
1934 Murder on the Orient Express《东方快车谋杀案》
1935 Three-Act Tragedy《三幕悲剧》
1935 Death in the Clouds《云中命案》
1936 The ABC Murders《ABC谋杀案》
1936 Murder in Mesopotamia《古墓之谜》
1936 Cards on the Table《底牌》
1937 Dumb Witness《沉默的证人》
1937 Death on the Nile《尼罗河上的惨案》
1937 Murder in the Mews《幽巷谋杀案》
1938 Appointment with Death《死亡约会》
1938 Hercule Poirot's Christmas《波洛圣诞探案记》
1940 Sad Cypress《H庄园的午餐》
1940 One, Two, Buckle My Shoe《牙医谋杀案》
1941 Evil Under the Sun《阳光下的罪恶》
1943 Five Little Pigs《五只小猪》
1946 The Hollow《空幻之屋》
1947 The Labours of Hercules《赫尔克里·波洛的丰功伟绩》
1948 Taken at the Flood《致命遗产》
1952 Mrs. McGinty's Dead《清洁女工之死》
1953 After the Funeral《葬礼之后》
1955 Hickory Dickory Dock《山核桃大街谋杀案》
1956 Dead Man's Folly《死者的殿堂》
1959 Cat Among the Pigeons《鸽群中的猫》
1960 The Adventure of the Christmas Pudding《雪地上的女尸》

1963 The Clocks《怪钟疑案》

1966 Third Girl《第三个女郎》

1969 Hallowe' en Party《万圣节前夜的谋杀》

1972 Elephants Can Remember《大象的证词》

1974 Poirot' s Early Stories《蒙面女人》

1975 Curtain—Poirot's Last Case《帷幕》

马普尔小姐系列

1930 The Murder at the Vicarage《寓所谜案》

1932 The Thirteen Problems《死亡草》

1942 The Body in the Library《藏书室女尸之谜》

1943 The Moving Finger《魔手》

1950 A Murder Is Announced《谋杀启事》

1952 They Do It with Mirrors《借镜杀人》

1953 A Pocket Full of Rye《黑麦奇案》

1957 4.50 from Paddington《命案目睹记》

1962 The Mirror Crack' d from Side to side《破镜谋杀案》

1964 A Caribbean Mystery《加勒比海之谜》

1965 At Bertram' s Hotel《伯特伦旅馆》

1971 Nemesis《复仇女神》

1976 Sleeping Murder《沉睡谋杀案》

1979 Miss Marple's Final Cases《马普尔小姐最后的案件》

其他系列及非系列

1922 The Secret Adversary《暗藏杀机》

1924 The Man in the Brown Suit《褐衣男子》

1925 The Secret of Chimneys《烟囱别墅之谜》

1929 Partners in Crime《犯罪团伙》

1929 The Seven Dials Mystery《七面钟之谜》

1930 The Mysterious Mr. Quin《神秘的奎因先生》

1931 The Sittaford Mystery《斯塔福特疑案》

1933 The Hound of Death《死亡之犬》

1934 Why Didn' t They Ask Evans?《悬崖上的谋杀》

1934 The Listerdale Mystery《金色的机遇》

加莎·克里斯蒂 侦探作品年表

1934 Parker Pyne Investigates《惊险的浪漫》

1939 Murder Is Easy《逆我者亡》

1939 And Then There Were None《无人生还》

1941 N or M?《桑苏西来客》

1944 Towards Zero《零点》

1945 Sparkling Cyanide《死亡的怀念》

1945 Death Comes as the End《死亡终局》

1949 Crooked House《怪屋》

1950 Three Blind Mice and Other Stories《三只瞎老鼠》

1951 They Came to Baghdad《他们来到巴格达》

1954 Destination Unknown《地狱之旅》

1958 Ordeal by Innocence《奉命谋杀》

1961 The Pale Horse《灰马酒店》

1967 Endless Night《长夜》

1968 By the Pricking of My Thumbs《煦阳岭的疑云》

1970 Passenger to Frankfurt《天涯过客》

1973 Postern of Fate《命运之门》

1991 Problem at Pollensa Bay《神秘的第三者》

1997 While the Light Lasts《灯火阑珊》

出版前言

纵观世界侦探文学一百七十余年的历史，如果说有谁已经超脱了这一类型文学的类型化束缚，恐怕我们只能想起两个名字——一个是虚构的人物歇洛克·福尔摩斯，而另一个便是真实的作家阿加莎·克里斯蒂。

阿加莎·克里斯蒂以她个人独特的魅力创造着侦探文学史上无数的传奇：她的创作生涯长达五十余年，一生撰写了八十余部侦探小说；她开创了侦探小说史上最著名的"黄金时代"；她让阅读从贵族走入家庭，渗透到每个人的生活中；她的作品被翻译成一百多种文字，畅销全球一百五十余个国家，作品销量与《圣经》、《莎士比亚戏剧集》同列世界畅销书前三名；她的《罗杰疑案》、《无人生还》、《东方快车谋杀案》、《尼罗河上的惨案》都是侦探小说史上的经典；她是侦探小说女王，因在侦探小说领域的独特贡献而被册封为爵士；她是侦探小说的符号和象征。她本身就是传奇。沏一杯红茶，配一张躺椅，在暖暖的阳光下读阿加莎的小说是一种生活方式，是惬意的享受，也是一种态度。

午夜文库成立之初就试图引进阿加莎的作品，但几次都与版权擦肩而过。随着午夜文库的专业化和影响力日益增强，阿加莎·克里斯蒂的版权继承人和哈珀柯林斯出版公司主动要求将版权独家授予新星出版社，并将阿加莎系列侦探小说并入午夜文库。这是对我们长期以来执着于侦探小说出版的褒奖，是对我们的信任与鼓励，更是一种压力和责任。

新版阿加莎·克里斯蒂作品由专业的侦探小说翻译家以最权威的英文版本为底本，全新翻译，并加入双语作品年表和阿加莎·克里斯蒂家族独家授权的照片、手稿等资料，力求全景展现“侦探女王”的风采与魅力。使读者不仅欣赏到作家的巧妙构思、离奇桥段和睿智语言，而且能体味到浓郁的英伦风情。

阿加莎作品的出版是一项系统工程，规模庞大，我们将努力使之臻于完美。或存在疏漏之处，欢迎方家指正。

新星出版社

午夜文库编辑部

Agatha Christie

Over the next few years, we plan to celebrate two very important Agatha Christie anniversaries. In 2015, it is the 125th anniversary of her birth in Torquay, South Devon, England, and in 2020 it will be 100 years after her first book, THE MYSTERIOUS AFFAIR AT STYLES, featuring her famous detective, Hercule Poirot, was published. This is therefore a very appropriate moment to publish a new edition of her works, and I am delighted that HarperCollins has chosen to work with New Star on these new editions. New Star is China's top crime publisher, and has a strong and dedicated editorial staff and a confirmed passion for Agatha Christie, making them the ideal partner. It is the right time to make these classic books available in modern translations and so to bring Agatha Christie's books anew to her many fans in China, giving them a new reason to re-read these much-loved stories, as well as introducing them to a whole new audience. How delighted Agatha Christie would have been that her stories (as she called them) are still giving so much pleasure to so many people all over the world!

I think there are two very remarkable things about Agatha Christie's stories. The first is that they are so adaptable. It doesn't really matter which language they appear in, the stories and the plots still give the same thrill, still provide the same puzzles, and the characters still have the same attraction. Readers in China will I am sure enjoy Hercule Poirot and Miss Marple just as much as we do in England, and readers in China will still be transfixed by the surprises and horrors of AND THEN THERE WERE NONE, one of the great classics of 20th century detective fiction, as we are here.

Agatha Christie

The second is that the stories give a wonderful picture of England, particularly rural England, at the time Agatha Christie lived. She wrote books from 1920 until 1970 but it is sometimes hard to tell which part of her life each book was written in. Her characters and the life they lived were very much the same. The life we all live is changing very quickly these days but "the Agatha Christie world" stays the same. Perhaps the Miss Marple stories provide the best example of this, and in some ways THE BODY IN THE LIBRARY and NEMESIS are quite similar, despite the fact that thirty years elapsed between the time they were written.

Perhaps I might end by mentioning three Agatha Christies (other than the ones mentioned above) which I think demonstrate why she is so popular, even in the twenty-first century. The first is MURDER ON THE ORIENT EXPRESS, one of the most famous with one of the most ingenious and human plots. Read this on one of your long train journeys in China! Next is A MURDER IS ANNOUNCED, a Miss Marple which was her 50th book. It has my favourite murderer in it! And last is ENDLESS NIGHT a story about evil and how it affects three young people, written at the time when I knew her best, and understood how deeply she cared and sympathised with young people and the world they lived in.

Whichever are your favourites I hope you enjoy these stories that New Star are introducing to you again. I think it is a great publishing event.

Mathew Prichard

Grandson of Agatha Christie

Chairman of Agatha Christie Ltd

致中国读者

（午夜文库版阿加莎·克里斯蒂作品集序）

在未来的几年中，我们一直在筹备两个非常重要的关于阿加莎·克里斯蒂的纪念日。二〇一五年是她的一百二十五岁生日——她于一八九〇年出生于英国的托基市；二〇二〇年则是她的处女作《斯泰尔斯庄园奇案》问世一百周年的日子，她笔下最著名的侦探赫尔克里·波洛就是在这本书中首次登场。因此新星出版社为中国读者们推出全新版本的克里斯蒂作品正是恰逢其时，而且我很高兴哈珀柯林斯选择了新星来出版这一全新版本。新星出版社是中国最好的侦探小说出版机构，拥有强大而且专业的编辑团队，并且对阿加莎·克里斯蒂的作品极有热情，这使得他们成为我们最理想的合作伙伴。如今正是一个良机，可以将这些经典作品重新翻译为更现代、更权威的版本，带给她的中国书迷，让大家有理由重温这些备受喜爱的故事，同时也可以将它们介绍给新的读者。如果阿加莎·克里斯蒂知道她的小故事们（她这样称呼自己的这些作品）仍然能给世界上这么多人带来如此巨大的阅读享受，该有多么高兴啊！

我认为阿加莎·克里斯蒂的作品有两个非常重要的特征。

首先它们是非常易于理解的。无论以哪种语言呈现，故事和情节都同样惊险刺激，呈现给读者的谜团都同样精彩，而书中人物的魅力也丝毫不受影响。我完全可以肯定，中国的读者能够像我们英国人一样充分享受赫尔克里·波洛和马普尔小姐带来的乐趣；中国读者也会和我们一样，读到二十世纪最伟大的侦探经典作品——比如《无人生还》——的时候，被震惊和恐惧牢牢钉在原地。

第二个特征是这些故事给我们展开了一幅英格兰的精彩画卷，特别是阿加莎·克里斯蒂那个年代的英国乡村。她的作品写于上世纪二十年代至七十年代间，不过有时候很难说清楚每一本书是在她人生中的哪一段日子里写下的。她笔下的人物，以及他们的生活，多多少少都有些相似。如今，我们的生活瞬息万变，但“阿加莎·克里斯蒂的世界”依旧永恒。也许马普尔小姐的故事提供了最好的范例：《藏书室女尸之谜》与《复仇女神》看起来颇为相似，但实际上它们的创作年代竟然相差了三十年。

最后，我想提三本书，在我心目中（除了上面提过的几本之外）这几本最能说明克里斯蒂为什么能够一直受到大家的喜爱。首先是《东方快车谋杀案》，最著名，也是最机智巧妙、最有人性的一本。当你在中国乘火车长途旅行时，不妨拿出来读读吧！第二本是《谋杀启事》，一个马普尔小姐系列的故事，也是克里斯蒂的第五十本著作。这本书里的诡计是我个人最喜欢的。最后是《长夜》，一个关于邪恶如何影响三个年轻人生活的故事。这本书的写作时间正是我最了解她的时候。我能体会到她对年轻人以及他们生活的世界关心至深。

现在新星出版社重新将这些故事奉献给了读者。无论你最爱的是哪一本，我都希望你能感受到这份快乐。我相信这是出版界的一件盛事。

阿加莎·克里斯蒂外孙

阿加莎·克里斯蒂有限责任公司董事长

马修·普理查德

二〇一三年二月二十日

无人生还

And Then There Were None

Agatha Christie®

［英］阿加莎·克里斯蒂 著
夏阳 译

新 星 出 版 社 NEW STAR PRESS

怀着深切的爱将此书献给卡洛和玛丽[1]，这是属于她们的书。

①卡洛即夏洛特·费希尔，阿加莎·克里斯蒂的秘书、抄写员，同时也是她的好友。玛丽是卡洛的姐姐。

作者的话

我之所以写这本书，是因为书中的故事很难写，可它一直在我脑海中挥之不去。故事里有十个人要接连死去，但情节不能过于荒诞，凶手也不能过于明显。经过深思熟虑，我终于创作出这部令自己满意的作品。这个故事清晰、直截，虽然谜团重重，但是解释起来合情合理。事实上，为了揭开谜底，这个故事必须有一篇尾声。此书面世以后反响热烈，评价颇高。不过真正感到高兴的人无疑是我自己，因为我比任何评论家都更清楚这本书创作历程之艰辛。

十个小士兵，出门打牙祭；不幸噎住喉，十个只剩九。
九个小士兵，秉烛到夜半；清早叫不答，九个只剩八。
八个小士兵，旅行去德文；流连不离去，八个只剩七。
七个小士兵，举斧砍柴火；失手砍掉头，七个只剩六。
六个小士兵，捅了马蜂窝；蜂来无处躲，六个只剩五。
五个小士兵，同去做律师；皇庭判了死，五个只剩四。
四个小士兵，结伴去海边；青鱼吞下腹，四个只剩三。
三个小士兵，动物园里耍；狗熊一巴掌，三个只剩俩。
两个小士兵，日头下面栖；毒日把命夺，两个只剩一。
一个小士兵，落单孤零零；悬梁了此生，一个也不剩。

弗兰克·格林，一八六九

第一章

1

瓦格雷夫法官先生刚刚退休。此刻他正坐在一等车厢的吸烟室角落里，一边吸雪茄，一边饶有兴致地读《泰晤士报》上的政治新闻。

他放下报纸，眺望窗外。列车在萨默塞特平原上疾驰。他看看手表，还有两小时的路程。

瓦格雷夫法官回想着报纸上有关士兵岛[①] 的各种奇闻逸事：据说首位岛主是个美国富翁，酷爱帆船运动，于是买下这座德文郡海岸附近的孤岛，在岛上建了一幢豪华时髦的别墅。可惜他新婚的第三任太太非常怕水，结果只能连房带岛一起挂牌出售。随之而来的是报纸上铺天盖地的广告。后来传出一则简讯，称一位名叫欧文的先生买下了整座岛和别墅。打那时起，关于士兵岛的流言蜚语就传开了。有人说士兵岛的真正买主是好莱坞大明星加布里埃

①本书于一九三九年在英国首次出版时，此处原文为 Nigger Island，意为“黑人岛”；在一九六四年再版的英国版中，将 Nigger Island 替换为 Indian Island，意为“印第安岛”；在二〇〇三年出版的英国版中，此处改称 Soldier Island，本版据此译为“士兵岛”，下同。

尔·特尔！她为了避开公众视线，来岛上躲几个月清净。署名为“大忙人”的记者又含沙射影地透露，说这座岛将成为皇亲国戚的私邸！“结婚季先生”则称是一位青年贵族一掷千金，买下该岛当蜜月爱巢。还有个名叫乔纳斯的人说自己得到可靠消息，海军部买下了这个地方，准备搞几项秘密试验。

总之，有一点可以肯定：士兵岛成了新闻！

瓦格雷夫法官从口袋里掏出一封信。尽管手写笔迹模糊不清，一些词却格外清晰。

> 亲爱的劳伦斯……一别多年……务请光临士兵岛……实为景色迷人之地……畅谈往日云烟……拥抱自然……沐浴阳光……十二点四十分由帕丁顿车站出发……在橡树桥恭迎……

署名是位女士，花体签名：康斯坦斯·卡尔明顿。

瓦格雷夫法官使劲回忆上次见到康斯坦斯·卡尔明顿夫人的具体时间。想来已时隔七年，不，八年了！后来她去了意大利，为的是沐浴阳光，让心融化在田野乡间。据说之后又去了叙利亚，想必那里的阳光更加充足，她可以与大自然和贝都因人亲密无间。

康斯坦斯·卡尔明顿，他猛然忆起，她正是那种会独自买下一座孤岛的女人，这样做能让她显得更加神秘！瓦格雷夫法官微微点头，觉得自己的推断挺有道理。他的头随着列车的节奏点着、点着……

他睡着了……

2

维拉·克莱索恩闭着眼，头往后靠着。三等车厢里除了她，还坐着五名乘客。这种天气坐火车旅行太热了！所以去海边一定非常舒服。能找到这样一份工作真幸运。一般来说，像她这样找假期工作，十之八九是摊上照看一群孩子的活儿，哪儿那么容易找到秘书之类的工作。就算是职业妇女介绍所也帮不上忙。

可就在她发愁的时候，这封信如期而至。

我收到职业妇女介绍所对你的推荐，从推荐信来看，他们对你深为了解。我同意支付你所期望的薪水，并希望你在八月八日入职。火车十二点四十分从帕丁顿车站出发。有人会到橡树桥车站接你。另附现金五镑作为旅途开支。

乌娜·南希·欧文

信头打印了地址，德文郡斯蒂克尔黑文的士兵岛……

士兵岛！就是它！最近的报纸除了它简直就不谈别的

了！流言蜚语和各种猜测，说什么的都有，不过绝大部分可能都是空穴来风。但是，岛上的别墅归一位百万富翁所有，这个说法确凿无疑。而且，用奢华至极来形容这幢别墅绝对没错。

上个学期，维拉·克莱索恩在学校里忙得不可开交。她不甘心地想：一个只能带孩子做游戏的女教师，在一所三流学校里混日子能赚几个钱？要是能去体面些的学校工作，恐怕会好得多……

想到这里，她突然不寒而栗。心想："能找到一份教师的工作已经谢天谢地了。谁都不愿听到死因审讯这类话，就算验尸官已经帮我开脱了所有罪名，想起来还是后怕！"

就连他都对她当时的表现和勇气称赞不已，她对此念念不忘。就说那次死因审讯吧，简直不能再顺利了。汉密尔顿夫人对她非常照顾——只有雨果——算了，何必去想雨果呢!

想到这里，尽管车厢里是那样闷热，她却突然打起寒战来。真希望自己现在不是去海边！当时的情景历历在目！她眼前是西里尔的脑袋在水面上一起一伏，漂向岩石……他的脑袋在水面上一起一伏，一起一伏……而她就跟在他身后，摆出一副奋力向前游的架势，其实她心里再清楚不过，自己无论如何也追不上他了……

那片海——那片温暖的深蓝色的大海——躺在柔软的

沙滩上度过整个早晨……雨果……雨果说他爱她……

她一定不能去想那个叫雨果的男人……

她睁开双眼，眉头紧锁，瞥了一眼坐在她对面的男人。这个男人身材高大，棕色的皮肤，两只浅色眼睛的间距很窄。他的嘴型看起来很傲慢，一副不屑一顾的模样，表情近乎残忍。

她想：

对面这个男人一定去过很多不可思议的地方，见过很多有意思的事……

3

菲利普·隆巴德的眼珠骨碌一转，往对面瞥了一眼，打量着坐在他面前的女人。

很吸引人，就是女教师的味道重了些。

冷静的猎物——他看得出来，自制力很强——不论是谈恋爱还是上阵打仗。不过他倒是挺愿意跟这个女人发生些什么……

他皱了皱眉，赶紧打消这些没用的念头。做生意才是正经事，先得集中精力把这笔生意搞定。

可是，这笔生意到底怎么做，他根本不知道。那个瘦小的犹太人太会故弄玄虚了。

“你干还是不干？隆巴德上校！”

他琢磨了一会儿，回答说：

“一百块金币，嗯？”

他故意表现得满不在乎，把价钱说得很轻松，好像一百块金币在他眼里根本不算什么。这可是一百块金币啊！实情是，他现在连一顿像样的饭都快吃不上了。他有点儿担心，这小个子犹太人应该不是受骗了吧——犹太人最该死的就是，在钱的问题上谁也玩不过他们——他们可精明了！

他仍然满不在乎地问：

“你能不能把话说明白点儿？”

艾萨克·莫里斯先生斩钉截铁地摇了摇他的秃脑袋。

“不行，隆巴德上校，我只能告诉你这么多。我的客户说你是对付这种棘手事件的专家。我被授权交给你一百块金币，前提是你答应去德文郡的斯蒂克尔黑文跑一趟。离那儿最近的车站是橡树桥，到了车站，会有人接你，驾车送你去斯蒂克尔黑文，再用摩托艇把你送上士兵岛。到了士兵岛，你只要听我那位客户的安排就可以了。”

隆巴德立刻问：

“在岛上要待多久？”

“最多不超过一个星期。”

隆巴德捋着小胡子说：

“你知道，我是不干那种事的——我的意思是，犯法的事。”

他说着，眼睛恶狠狠地盯着对方。

莫里斯先生那犹太人特有的厚嘴唇上隐约掠过一丝笑意。他一本正经地说：

“当然，要是我的客户让你干什么犯法的事，你完全可以退出。”

这个狡猾的小畜生真该死，居然还笑！仿佛对隆巴德过去的所作所为了如指掌，知道对于隆巴德这种人来说，哪儿在乎什么犯法与不犯法。

隆巴德禁不住咧嘴一笑。

天知道，有那么一两次他差点儿就完了！然而最后他总能全身而退。其实，他才不在乎合法与否……

不，根本不需要冒险做犯法的事。到了士兵岛，他期待的是好好享受一番……

4

禁烟车厢里，埃米莉·布伦特小姐像往常一样挺直腰板坐着。虽说她已经六十五岁了，可还是看不惯那种懒懒散散的人。她那位古板老派的上校父亲对举止做派的要求最为严格。

看看现在这代人！瞧瞧这个车厢里的人！其实他们在哪儿都一样：懒散，不知道害臊……

布伦特小姐满脑子都是各种愤世嫉俗的念头，对于看不惯的事物，向来毫不妥协。虽然坐在拥挤不堪的三等车厢里，她却表现出完全不受拥挤和闷热干扰的姿态。现代人活得太矫情！拔牙要打麻药，睡不着觉就要吃安眠药，椅子要坐有软垫、有靠背的，女孩子走路居然把身子扭来扭去，夏天还半裸躺在沙滩上！

布伦特小姐紧闭双唇。她要让这些没教养的人好好瞧瞧！

她还记得去年暑假。不过，这个暑假肯定完全不一样。士兵岛……

她把那封已经读过不知多少遍的信又在心里默念了一遍：

亲爱的布伦特小姐，

你还记得我吗？几年前的八月，我们一起住进贝尔黑文的旅馆，相处得非常愉快。

现在我自己经营一家旅馆，就在德文郡海岸的一座小岛上。在我这里，你可以品尝到清淡的饮食，与那些气质高贵古典的人交往。我这里没有袒胸露体的人，也没有深更半夜唱歌喧哗的讨厌鬼。如果你有时间，作为我的贵客来士兵岛轻松度假，我将深感荣幸。八月初合适吗？就定在八日吧！

你真诚的

尤·纳·……

落款是什么？签名太难认了。埃米莉·布伦特不耐烦地想：“很多人签名总是不认真。”

她回想在贝尔黑文见过的人。她连续两年夏天去过那里，有一个挺不错的中年女人——叫什么——叫什么太太的人，她父亲是大教堂里的牧师。还有一位奥尔顿小姐——要不就是奥曼——不，叫奥利弗！对，就是奥利弗。

士兵岛！报纸上提过。这座岛是不是和一个电影明星有关？还是和一个美国百万富翁有关？

这种地方的房价一般挺便宜的——小岛并非任何人都能住。一开始的想法可能很浪漫，但是等住在岛上就会发现，这也不方便，那也不称心，所以就尽快脱手了。

埃米莉·布伦特心想：总之，我是去那儿白住一个假期。

近期她的收入迅速减少，碰到这家公司欠债、那家停发股息的情况，她不得不考虑节俭度日。要是能回忆起这位叫什么夫人，或者叫奥利弗小姐的人是谁就好了，哪怕再想起一丁点儿也好。

5

麦克阿瑟将军从车窗望出去，列车刚刚驶入埃克塞特。这些该死的支线区间慢车！士兵岛那地方如果坐直达的火车过去，根本就没有多远。

他没弄明白这个叫欧文的家伙到底是谁。是斯波夫·莱加德的朋友吧！肯定是——要不就是约翰尼·威尔的朋友？

……你的一两位老战友也要来……大家都想来叙叙旧。

没错，他是挺爱絮叨这些陈年往事。最近他怀疑大家都在躲着他。一定是那个该死的谣言搞的鬼！他越想越生气。算起来事情已经过去近三十年了。一定是阿米泰奇走漏了风声。那个莽撞的小子！那件事他究竟知道多少？算了，还是别想那么多了！人有时就是爱瞎猜，猜想有人盯着自己。

想想这座士兵岛吧！他多么想赶快见到这座岛。关于这座岛的流言传得沸沸扬扬。有传闻提到海军部、陆军部或空军部斥资买下了士兵岛，这种说法似乎不完全是空穴来风。

年轻的美国百万富翁埃尔默·罗布森确实在岛上盖了那幢别墅，而且是花重金修建，极尽奢华。

埃克塞特！看来还有一小时才能到！他等不及了，真想赶紧上岛……

6

阿姆斯特朗医生开着莫里斯汽车驶过索尔兹伯里平原。他万分疲惫……人难免为名声所累。回想当年刚入行的时候，他穿戴整齐地坐在装修漂亮、门可罗雀的候诊室里，独守着崭新的医疗设备，深感前途渺茫，不知何时才能熬出头。

终于，他成功了。好运再加上高明的医术，让他总算熬出头了！他对专业确实精通，不过单凭这个还不够，成名还要靠运气。而他偏偏赶上了好运！有一次，他快速准确地为病人确诊，之后又遇到了两三个感恩戴德的女病人——既有钱，又有人脉的上层人士——有关他医术高超之类的赞美就从此传开了。“你应该去找阿姆斯特朗医生，虽然他年纪不大，可是经验丰富极了。帕姆的病找过好几个医生，治了好几年，经他一诊治就好转了！”从此，阿姆斯特朗的事业可谓一帆风顺。

现在，他的诊室门庭若市，每天的预约都排得很满。因此，能在炎热的八月离开伦敦，前往德文郡附近的小岛吹海风，他自然喜出望外。不过，此行不完全是度假。他收到的信件内容含糊其辞，随信附上的支票金额也出人意料。欧文家想必家境殷实，否则不会一下子开出如此高额的支票。从信的内容看，男主人不放心妻子的身体健康，又怕自己的担心吓到胆小的妻子，因此请医生上门为她检查，但是要装成是普通客人，不和她提起治病之类的话。以免让她神经——

神经。医生扬起眉毛。女人和她们脆弱的神经。不过嘛，这对生意有好处。反正找他看病的女人至少有一半是什么毛病也说不出来，纯属大惊小怪。但是对于这种女病人，实话实说可不会得到感谢，幸亏他总能编出一套说辞应付她们：

“你的情况属于一种什么（总之是非常拗口的医学名词），稍微有点儿不正常——不过不严重。还是需要治疗的，但是并不复杂。”

坦白说，所谓的药效其实是信则有，不信则无。然而，他的方法总能让病人寄予希望和信任。

幸好过了十年，那桩事总算过去了——不，都有十五年了。那件事让他一只脚已经跨到了悬崖外面。幸好从那以后，他洗心革面，从此滴酒不沾。可是有时想起来，仿佛就发生在昨天……

伴随着震耳欲聋的喇叭声，一辆达尔曼超级跑车以每小时八十英里的速度与他擦肩而过，害得他差点儿撞到路边的围栏上。又是一个无法无天的傻瓜！他讨厌这种年轻人，这次又差点儿被这种人撞到。这群该死的笨蛋！

7

安东尼·马斯顿猛踩油门，他心想：

这么一堆汽车像蜗牛一样在路上爬，实在夸张。总有车子挡在前面，胡乱并线，在马路中间开！英国的交通真可怕。不像法国，你大可以……

是停车歇会儿喝一杯，还是继续赶路？反正时间有的是。再开一百多英里就到了。得来一杯杜松子加姜汁啤酒。这热得要命的鬼天气！

如果天气一直这么热的话，去岛上可就太享受了！那个叫欧文的是什么人，他并不清楚。大概就是个暴发户，家财万贯的有钱人。巴杰尔在帮人打听有钱人的消息这方面的确很在行。当然，他也是身不由己。这可怜的老家伙，自己穷得叮当响。

希望他家能用好酒招待客人。他跟这类不是生来就懂得花钱享受的暴发户从没打过交道。可惜关于加布里埃尔·特尔买下士兵岛的说法纯属虚构，要不然他还真想跟这些电影人打打交道。

不过，那儿总会有几个姑娘助兴吧……

走出饭店，他伸了个懒腰，打了个哈欠，望一望蓝天，然后又钻进达尔曼跑车。

几个年轻姑娘一脸崇拜地盯着他——他身高六英尺，身材匀称，头发蓬松，小麦色的皮肤，还有一双深邃的蓝眼睛。

他猛轰油门。随着马达的轰鸣声，跑车在狭窄的街道上飞驰而过，把老人和那些替人跑腿的男孩儿吓得直往两边跳。那些男孩儿还一个劲儿盯着他的汽车瞧呢，满脸羡慕。

安东尼·马斯顿开心地继续享受他的旅程。

8

布洛尔先生乘坐的是从普利茅斯出发的慢车。车厢里除了他，只有一位乘客，是一位视力模糊的老海员，已经低着头睡着了。

布洛尔先生在一个小本子上一笔一画地写着。

"这群人包括，"他自言自语道，"埃米莉·布伦特，维拉·克莱索恩，阿姆斯特朗医生，安东尼·马斯顿，瓦格雷夫老法官，菲利普·隆巴德，麦克阿瑟将军，男管家和他妻子——罗杰斯先生和罗杰斯太太。"

他合上小本子，放回口袋，望了望角落里酣睡的老人。

"比八个人多了一位。"布洛尔先生仔细计算了一番。

他把每件事都仔细想了一遍。

"这次的行程还挺轻松，"他琢磨着，"应该不会有人找麻烦。希望我外表看起来没什么问题。"

他赶忙站起身来，仔细端详镜中的自己：一撮小胡子让他看起来颇有军人气概。他面无表情。两只灰色的眼睛挨得很近。

“看起来应该像个少校吧，”布洛尔先生想，“不对，我忘了这群人里有个老兵，他一眼就能看穿我。”

“南非。”布洛尔先生又想，“南非我可太熟了。这些人似乎都不了解南非，而我正好一直在看南非旅行资料，聊起来可以装作对那儿很熟悉。”

幸亏有各种各样的殖民地。布洛尔先生自认为对南非了如指掌，应该能就这个话题和别人聊上好一会儿，也不会露马脚。

士兵岛！他从小就知道。这座岛离岸约有一英里远，海鸥在发臭的岩石上歇脚，这座岛因为形状像士兵头部的轮廓而得名。

到这座岛上来盖别墅，真是个奇怪的想法！一变天就让人傻眼！要不说嘛，百万富翁就是爱瞎胡闹！

坐在角落里的老人醒过来了，说：

“你永远也摸不准大海的脾气，永远！”

布洛尔先生随声附和：“说得没错。永远也摸不准。”

老人打了两个嗝，叹口气说：

“风暴就要来了！”

布洛尔先生说：

“不，不，我看天气挺好的。”

老人生气地说：

“风暴就在眼前，我能感觉出来。”

“也许是吧。”布洛尔先生从善如流。

火车到站了。老人颤颤巍巍地站了起来。

“我得下车了。”他摸着窗户说。布洛尔先生帮了他一把。

站在车厢门口，老人眨着昏花的双眼，郑重其事地举起一只手。

“边走边祈祷吧，”他说，“边走边祈祷。审判的日子就在眼前。”

老人走下火车，跌跌撞撞地走上站台。他斜着身子，望着车上的布洛尔先生，表情严肃地说：

“我跟你说，年轻人，审判的日子就在眼前！”

布洛尔先生回到座位上，心想：“上帝的审判对于他而言，确实比我近得多，就在眼前。”

但是，后来发生的一切都证明，他错了……

第二章

1

橡树桥车站外，几个人三五成群，表情茫然地站着。这群人身后跟着搬运工，正在搬他们的箱子，其中一个人喊道："吉姆！"

其中一个出租车司机走过来。

"你们是去士兵岛吧？"他问道，一口柔和的德文郡口音。

四个人异口同声地回答——又马上以怀疑的目光互相打量起来。

因为瓦格雷夫法官是这群人中的长者，司机便对他说：

"先生，这儿有两辆出租车。不过我们得留下一辆，等一等从埃克塞特开过来的慢车，那趟车马上就到了——最多再过五分钟——要接乘那趟车来的一位先生。哪一位不介意等他一下？这样一来，大家的座位就可以宽敞些。"

考虑到自己的秘书身份，维拉·克莱索恩抢先开口道：

"我留下来等吧。各位是不是可以先走一步？"她一边说，一边看着其他三个人，眼神和语气都透露出自己的职务身份，隐隐有种命令的意味，就像在学校的网球课上让女生遵循她的安排一样。

布伦特小姐端着架子说了声“辛苦了”。率先弯腰钻进了其中一辆车，司机一只手为她扶着车门。

随后上车的是瓦格雷夫法官。

隆巴德上校说：

“我和这位小姐一起等吧。”

“我叫维拉·克莱索恩。”维拉说。

“我叫隆巴德。菲利普·隆巴德。”

搬运工正忙着把行李往车上堆。车里，瓦格雷夫法官先生非常绅士地说：

“天气真是不错！”

布伦特小姐答道：

“确实不错。”

这位老先生看起来挺气派的，布伦特小姐暗自思量。和她在海滨旅馆里经常见到的男人完全不同。如此看来，那位奥利弗小姐或奥利弗夫人交往的都是些上流人士——

瓦格雷夫法官先生问道：

“你对这附近熟悉吗？”

“我去过康沃尔和托基，德文郡这边倒是第一次来。”

瓦格雷夫法官说：

“我对这儿也不熟。”

第一辆出租车开走了。

第二辆出租车的司机说：

“请两位上车等吧！”

维拉果断拒绝道：

“不用了。”

隆巴德上校微微一笑，说：

“外面那堵阳光照着的墙看起来真不错。你想去车站里面等吗？”

“当然不想。好不容易才从那趟拥挤的火车上下来！”

他回应道：

“没错，这么热的天气挤火车确实很不舒服。”

维拉以同样的语气回答：

“我希望能稳定下来——我是说天气。英国夏天的天气总是说变就变。”

隆巴德没话找话地问：

“你来过这里吗？”

“没有，从没来过。”维拉决定实话实说，所以赶紧补充道，“其实，我还没见过我的雇主。”

“你的雇主？”

“欧文夫人。我是她的秘书。”

“哦，我明白了。”隆巴德的态度起了一种不易察觉的变化，就像心里一块石头落了地，说话的声音也放松了许多，他说，“你不觉得有点儿奇怪吗？”

维拉笑了。

“我没觉得哪里奇怪啊。欧文夫人原来的秘书突然病了。职业介绍所收到了她发去的电报，然后就让我来了。”

“原来如此。可是，假如你到了岛上，发现自己不喜欢这份工作，该怎么办呢？”

维拉又笑了。

“这只是兼职，一份暑期工作而已。我在一所女子学校有长期职位。说实话，一想到要去士兵岛，我心里还有些抵触。报纸上议论纷纷。它真是那么引人注目吗？”

“不知道。我从没来过这座岛。”

“真的吗？欧文一家可喜欢这里了。这座岛究竟是什么模样？给我讲一讲欧文一家吧。”

隆巴德想：糟糕，我怎么说呢？说见过欧文一家，还是说没见过他们？他灵机一动，说：“别动！你身上有只马蜂，正在胳膊上爬呢。”他煞有介事地哄赶了一下，“没事了，马蜂飞走了。”

“谢谢。今年夏天的马蜂可真多。”

“就是。估计是天气太热的缘故。你知道我们现在是在等谁吗？”

“一点儿也不清楚。”

一列火车驶入站台，拖着长音的汽笛声从站台传来。

隆巴德说：

“火车到了。”

从月台出口走出来的是位身材高大、军人气概十足的老人，灰白色的头发剪得很短，白胡子也修得整整齐齐。

他带来的大皮箱看起来很沉，压得搬运工走起路来都有点儿晃悠。搬运工向维拉和隆巴德招了招手。

维拉走过去，得体地做自我介绍：

“你好。我是欧文夫人的秘书。出租车已等候多时。”她接着说，“这位是隆巴德先生。”

老人那双饱经风霜的蓝眼睛已经少了光彩。尽管如此，他打量隆巴德的目光依旧锐利，只一瞬间，从他的眼神里就能看出，他已经对隆巴德做出了判断。“这个人长得不错。就是有点儿邪气……”

三人上了出租车。汽车穿过死气沉沉的橡树桥街道，又在普利茅斯大道上行驶了几英里，然后转进迂曲的乡间小路。那里倒是一片绿意盎然，不过道路又陡又窄。

麦克阿瑟将军说：

“我对德文郡的这一带很不熟悉。我从小在德文郡东部生活，就在多尔塞特旁边。”

维拉说：

“这里真可爱。小山包，红土，一片绿野，景色宜人。”

菲利普·隆巴德挑剔地说：

“就是有些闭塞。我喜欢空旷的乡村，放眼望去，无边无际——”

麦克阿瑟将军问他：

“依我看，你去过不少地方吧？”

隆巴德肩膀一耸：

“东奔西走地去过一些地方。你呢？”

隆巴德心想：估计他下个问题就该问我大战爆发的时候干了什么。这些老家伙都爱吹牛。

不过，麦克阿瑟将军压根儿没提起大战。

2

他们的汽车翻过一个陡坡，驶上了通往斯蒂克尔黑文的公路。道路弯弯曲曲，放眼望去，只见一个小村庄挨着海边，零星散落着几间茅屋和小渔船。

在落日余晖中，他们遥望海面上的士兵岛，就在正南方，他们第一次看到这座岛。

维拉惊讶地说：

“它离岸这么远。”

完全出乎意料。她原以为要去的小岛离岸边不远，岛上建造了美丽的白色别墅。但是现在根本连别墅的影子都看不见，只能看见粗糙的黑色岩石和状似士兵头部的轮廓。这座岛似乎被不祥的气氛笼罩着。她不寒而栗。

一个叫“七星”的小旅社门前坐着三个人。年迈的法官先生，挺胸抬头的布伦特小姐，还有一个魁梧的男人，他走过来做自我介绍。

“我们觉得还是等等你们比较好，”他说，“我们一起过去。自我介绍一下，我是戴维斯，出生在南非，那里是我的故乡。哈哈！”

他的笑声很放松。

瓦格雷夫法官先生看着他，毫不掩饰自己的厌恶。如果这一幕发生在他的法庭上，他一定立刻命令旁听人员全部退席。布伦特小姐的态度也很明确，她显然不喜欢从殖民地来的人。

“上船之前有人想先吃点儿东西吗？”戴维斯先生好心好意地问。

对于他的建议，没人吭声。戴维斯先生竖起一根手指，转过身去。

“好，那就不再耽误时间了，好客的主人和他太太正等着我们！”他说。

在说话的时候，他也许应该注意到，这群人中出现了一种诡异的情绪。提起主人和女主人，似乎给他们造成了奇怪的影响。

戴维斯勾了勾手指，歪靠在墙边的男人就走了过来。他的罗圈腿和走路的步态让人一眼就能看出这是个以海为生的人。他的脸饱经风霜，黑眼睛闪烁不定，说话声音不大，操着一口柔和的德文郡口音。

“女士们，先生们，都准备好了吗？船早就准备好了。还有两位先生要开车来，欧文先生嘱咐说不必等他们了，也不知道他们什么时候才到。”

大家站起身，跟着向导沿着岸边走上一座小小的码头。一艘摩托小艇紧靠码头停着。

埃米莉·布伦特说：

“这船可真小。”

船主一个劲儿解释：

“太太，这船很棒！开起来快极了！开着它从这儿去普利茅斯，一眨眼的工夫就到了，棒极了。”

瓦格雷夫法官先生的语气刻薄得多：

“我们这儿人可不少。”

“比你们多一倍的人也坐得下，先生。”

菲利普·隆巴德和气地说：

“没问题。今天天气好，风平浪静。”

布伦特小姐半信半疑，但还是被人扶着上了船。其余人也陆续登上船。这一群人到现在还谈不上有多熟悉，反而在互相猜疑。

向导刚要解开缆绳，忽然停了手，手里还拿着锚。

一辆跑车沿着村子里那条又斜又陡的小路飞驰。这辆车马力强劲，外形惹眼，看起来不同凡响。一个年轻人把控着方向盘，头发在风中飘扬。暮光中，他看起来不像凡人，简直是一位英姿飒爽的天神，和北欧传说中的英雄一模一样。

他按了按喇叭，喇叭声在海湾的山石草木之中回响。

这一刻的景象如此美妙。安东尼·马斯顿此时神气活现。后来，不止一个人曾回想起这幅画面。

3

弗雷德·纳拉科特坐在发动机旁，心想这帮人可真奇怪，也不知道欧文先生请来的客人究竟是些什么人。他原本以为来访的客人都是上流人士，像是那些珠光宝气、气派非凡的先生和太太，都身着乘游艇出海时穿的高档服装。

和罗布森先生的派对根本没法比。弗雷德·纳拉科特回想起那些和埃尔默·罗布森先生来往的人，不由得微微一笑。当时的派对多高档，喝的是顶级窖藏！

这位欧文先生真是个怪人。弗雷德想想也觉得够滑稽的。他根本没见过这位先生，更别说他太太了。他从来就没出现过，所有的安排都是莫里斯先生张罗的，钱也由他来付。应该做些什么、怎么做，总是安排得井井有条，给钱也很及时。尽管如此，欧文先生一定是个另类的人，否则报纸上怎么会提到那么多关于他的传闻？弗雷德琢磨着，这些传闻确实也有道理。

说实话，他觉得这座岛或许就是加布里埃尔·特尔小姐买下的产业。但是望着眼前的客人，又觉得这种想法没道理。这帮人没一个攀得上电影明星。

他不动声色地打量着这群人。

一位是老小姐，脾气不小。他一眼就能看出她的本性。谁敢跟他打赌？她若不是怪脾气，那才奇怪。一位是老军人，气质像是个地道的军人。那个年轻姑娘长得挺漂亮，就是平凡了点儿，没有好莱坞女人那种魅力。那个装腔作势的男人一看就不是真正的绅士。弗雷德·纳拉科特想，他应该是做生意赔本了。另外，那个精瘦的男人，面相凶狠，眼睛滴溜溜地转个不停。这种人挺少见的，倒很有可能是个拍电影的。

对了，这船人里面到底还是有一位像样的绅士，就是开着跑车最后才到的那位——真是辆好车！斯蒂克尔黑文以前从没有见过这种车，少说也值好几万——只有他像钱堆里长大的富家子弟。如果举办高端派对，也只有他够资格参加。

有时越想把一件事搞清楚，反而越糊涂。再说，这本来就是件糊涂事，一塌糊涂……

4

小船在礁石之间颠簸穿行。现在终于能看见那幢别墅了。岛的南侧与北侧截然不同，岩石边缘延伸为斜坡，一直伸进海里。那幢别墅坐北朝南，正好可以从南边看清楚。房子不高，方方正正的，很有现代气息，窗户是圆形的，屋内的采光非常好。

这幢漂亮的别墅果然没有辜负大家的期望。

弗雷德·纳拉科特关掉马达，小船载着他们一行人顺利地驶入岩石之间形成的天然港口。

菲利普·隆巴德贸然说：

“赶上坏天气，要想在这儿上岸那可就难啦！”

弗雷德·纳拉科特乐呵呵地说：

“一刮东南风，谁也别想登上士兵岛。有时候交通一中断就是一个星期。”

维拉·克莱索恩心想：

“岛上的物资供给真不方便，交通中断对住在岛上的人来说是最麻烦的事。看来要当好这个家的秘书也够操心的。”

小船在岩石边停下。弗雷德·纳拉科特率先跳下船，和隆巴德一起扶着其他人下了船。纳拉科特把小船牢牢地拴在钉进岩石里的环上，随后带领一行人沿着岩石上凿出的石阶向上走。

麦克阿瑟将军嘴里念叨着：

“哈哈！这地方真不错！”

然而，他心里并非这样想。这个该死的鬼地方。

一行人拾级而上，到了一层露台上，才松了口气。在这幢别墅敞开的大门前面，一个体面的男管家正等着他们。他那副庄重的架势让这帮人更放心了。此外，这幢房子本身确实是再美不过了，站在露台上欣赏海岛风光，景色令人心旷神怡。

男管家走过来，微微躬着身。他瘦高的个子，头发灰白，派头十足。

管家说：

“请随我来。”

宽敞的客厅里，酒席已经备好，餐桌上各种美酒列成几排。看到这些，安东尼·马斯顿立刻振奋起来。刚才他还一直琢磨，不知道邀请他来这儿的人在耍什么把戏！巴杰尔这个老家伙把他和这帮人一起请来，也不知道安的是什么心。不过话说回来，这些酒确实不错，冰块也准备了不少。

这个男管家刚才说什么？

不凑巧，欧文先生有事耽误了，明天才能到。他已经全都安排好了，一切应有尽有。现在请各位去房间。八点钟开饭。

5

罗杰斯太太领着维拉走上楼，推开走廊尽头的一扇门，走进了这间讨人喜欢的卧室。卧室里有一扇大窗户面朝大海，另一扇窗朝东开。维拉立刻高兴得叫出了声。

罗杰斯太太问：

“小姐，还需要些什么吗？”

维拉看了一圈。行李早就搬进来，而且已经帮她打开了。房间另一边是敞着门的浴室，里面铺着浅蓝色的瓷砖。

她马上说：

“暂时不需要了。”

“小姐，要是需要什么，请拉铃。”

罗杰斯太太的声音单调乏味。维拉好奇地看着她，她的皮肤白得惊人，像个面无血色的幽灵，头发全梳向脑后，一身黑衣服，打扮得体面极了。那双眼睛出奇的亮，骨碌碌转个不停。

维拉想：

“她看起来战战兢兢的，似乎连她自己的影子都能吓到她。”

对了，就是这样！这个女人非常害怕！

她看上去就像被恐惧劫持了……

维拉感到脊背一阵发凉。她究竟在害怕什么？

她笑着说：

“我是欧文夫人新雇的秘书。我想你是知道的。”

罗杰斯太太说：

“不，小姐，我什么也不知道。我只知道各位女士和先生的名字，以及你们分别住哪个房间。”

维拉说：

“欧文夫人没提起过我吗？”

罗杰斯太太眨着眼睛说：

“我没见过欧文夫人……暂时还没有。我们不过才来了两天。”

欧文这家人可真奇怪！维拉想着，大声问道：

“这里有几个仆人？”

“就我和罗杰斯，小姐。”

维拉皱起眉头。

这幢别墅里有八位客人，再加上男主人和女主人的话，一共是十个人，却只安排了一对夫妇为这么多人服务。

罗杰斯太太说：

“我的厨艺很好，我先生是个好管家。不过，我本来也不知道会有这么多客人。”

维拉问：

“你能忙得过来吗？”

“没问题，小姐，我能行。如果总有这么多客人的话，欧文夫人会再请帮手的。”

维拉说：

“那就好。”

罗杰斯太太转身离开了。她的脚步悄无声息，像一道影子似的离开了房间。

维拉走到窗前，坐在窗边的椅子上，隐隐感到一丝不安。一切……似乎哪里不太对劲儿。欧文夫妇未曾露面，幽灵一般的罗杰斯太太，还有那些客人！那些客人本身就非常诡异，一个奇怪的派对！

维拉想：

“要是我见过欧文夫妇就好了……我真希望自己了解他们。”

她站起来，在房间里心神不宁地走来走去。

这是一间完全按照现代风格装修的卧室，无可挑剔。镶木地板干净得发亮，地板上铺着洁白的地毯。墙壁是浅色调的，墙上挂着一面大镜子，镜子四周装点着灯泡。壁炉架的造型简单大方，上面是一大块白色大理石，雕刻成狗熊的样子，中间镶嵌着一面现代式样的钟表。旁边挂着一个发亮的镀铬镜框，镜框里裱了一张很大的羊皮纸，纸上写着一首诗。

她站在炉台前读这首诗。原来，这是一首她在上幼儿园的时候就会唱的歌谣：

十个小士兵，出门打牙祭；不幸噎住喉，十个只剩九。

九个小士兵，秉烛到夜半；清早叫不答，九个只剩八。

八个小士兵，旅行去德文；流连不离去，八个只剩七。

七个小士兵，举斧砍柴火；失手砍掉头，七个只剩六。

六个小士兵，捅了马蜂窝；蜂来无处躲，六个只剩五。

五个小士兵，同去做律师；皇庭判了死，五个只剩四。

四个小士兵，结伴去海边；青鱼吞下腹，四个只剩三。

三个小士兵，动物园里耍；狗熊一巴掌，三个只剩俩。

两个小士兵，日头下面栖；毒日把命夺，两个只剩一。

一个小士兵，落单孤零零；悬梁了此生，一个也不剩。

维拉微微一笑。对呀，这里不就是士兵岛吗？

她又走到窗前的椅子边坐下，望着大海。

海面辽阔，一眼望不到边。目及之处是一片茫茫天水，海浪在落日余晖中荡起层层涟漪。

大海……今天是如此平静，可有时它又是如此凶残……把人拖入海底深渊。淹死了……他被淹死了……在海中……淹死了……淹死了……淹死了……

不，她不愿回忆……她不愿回想起这些！

一切都已经过去了……

6

阿姆斯特朗医生到达士兵岛时，太阳正好落山。坐船上岛之前，他和一个本地船夫聊了一阵，想打听出有关岛主的情况。然而这位纳拉科特好像什么都不知道，也许，他只是不愿意多讲。

于是，阿姆斯特朗医生只能聊聊天气和打鱼的事。

长途旅行确实太累了。他眼睛都疼了。一路向西行驶，正好直对着太阳。

是啊，他太累了。大海能给人带来宁静，这正合他意。他真想歇个长假，但是做不到。当然，并非经济上做不到，而是他怎么能就这样放下工作呢？你很快就会被别人抛在脑后。不行！既然来了，就必须搞出点儿名堂来。

他想：

“今晚就假装自己再也不回去了，假装和伦敦哈里街[①]及那里的一切都一刀两断。”

说起士兵岛，似乎总带有某种魔力。单是这个名字就让人浮想联翩。来到岛上，与世隔绝，自成一个世界。在这个世界里，你也许真就一辈子都回不去了！

他想：

我把自己原本老套的生活全都抛到脑后了。

他美美地盘算起以后的生活，其实不过是徒劳。

直到踏上石阶，他还在对自己笑呢。

在士兵岛的露台上，有一位老先生坐在椅子上，阿姆斯特朗医生一眼看过去，觉得此人仿佛有点儿眼熟。他在哪儿见过这张癞蛤蟆似的脸——这个乌龟似的脖子，这副弯腰驼背的架势，还有这双暗淡而狡猾的小眼睛？没错，就是老瓦格雷夫。阿姆斯特朗医生曾经在他面前出庭作过一次证。瞧他那副样子，像是总也睡不醒似的。可是，一说到法律，他的机灵劲儿就来了。比如对付陪审团的时

①此处有许多名医聚居。

候，他可是满脑子主意。别人都说他能牵着陪审团的鼻子走，让陪审团按他的意思作出裁决。那些原本通不过的案子，他一次次地让陪审团表决通过了。而且，他说在哪天通过，就能在哪天通过。所以也有人说，他是个穿着法袍的刽子手。

在这个远离尘世的地方居然遇到了他，真是不可思议。

7

瓦格雷夫法官先生暗自思量：

阿姆斯特朗？我当然记得！我在证人席上见过他。他是个很能装腔作势的人，那副谨小慎微的样子简直别提有多夸张了。医生都是无赖，哈里街的医生是无赖中的无赖。他想到前不久才见过那条街上一个阿谀奉承的医生，一口恶气涌上心头。

他含含糊糊地说：

“客厅里面有酒水。”

阿姆斯特朗医生说：

“我得去和岛主夫妇打声招呼，以示致意。”

瓦格雷夫法官先生又闭上了眼，表情神秘兮兮的。

“恐怕不行。”

阿姆斯特朗医生惊讶地问：

“为什么？”

法官说：

“这儿没有男主人，也没有女主人。这地方奇怪得很。”

阿姆斯特朗医生盯着他看了足有一分钟。正当他以为这个半天没出声的老家伙睡着了的时候，瓦格雷夫突然又说：

“你听说过康斯坦斯·卡尔明顿吗？”

“呃……没有，我好像没听说过。”

“那也无所谓，”法官说，“这个女人身份不明，她的笔迹其实也辨认不清。我正在怀疑自己是不是来错了地方。”

阿姆斯特朗医生摇摇头，向房子里走去。

瓦格雷夫法官先生脑子里盘算着康斯坦斯·卡尔明顿到底是什么人。这个女人和所有的女人都一样，不可靠。

他又想到房子里的两个女人，一个嘴巴闭得死死的老小姐和另一个冷冰冰的姑娘。不对，算上罗杰斯夫人，一共是三个女人。罗杰斯夫人很奇怪，看起来害怕得要死。不过他们两个倒是一对挺体面的夫妻，服务也算周到。

这时，罗杰斯走到露台上。法官问他：

“你知道他们邀请了康斯坦斯·卡尔明顿夫人吗？”

罗杰斯盯着他说：

“不知道，先生，我不清楚。”

法官扬起眉毛，轻声咕哝了一句。他想：

士兵岛，嗯？必定大有文章！

8

安东尼·马斯顿正在洗澡，热水冒着腾腾蒸气，舒服极了。开车时间一长，四肢酸疼，他脑子里什么也不愿想。安东尼是个容易对事情感兴趣的行动派。

他想：

“既来之则安之吧。”随后他就什么也不想了。

温热的水淋着酸疼的四肢。刮完胡子，喝鸡尾酒，再吃上一顿大餐。

然后呢？

9

布洛尔先生正在笨手笨脚地打领带。

这身打扮看上去怎么样？他自认为没有问题。

没一个人对他是真诚的。大家都在互相试探，你看看我，我看看你，奇怪！就好像他们都知道……

不过，这取决于他自己。

他可不打算把事情抖搂出去。

他瞥了一眼壁炉架上镜框里的童谣。

摆在这里倒是正合适。

他想：自己从小就记住这座岛了，但从来没想过待会儿要在这里做那种事。或许，无法预知未来，对自己而言反而是件好事。

10

麦克阿瑟将军皱起了眉头。

该死！整个安排从头到尾都见鬼了！与他之前想的根本不一样。

他得找机会溜走，离开这儿……

摩托艇已经开走了。

没办法，只能留下。

隆巴德这个人真是奇怪。

不是好东西。他敢打赌，这个人不是好东西。

11

听到铃声，菲利普·隆巴德走出房间，像豹子一样敏捷无声地一路走到楼梯尽头。他的气场确实有点儿像豹子，或者说像一头猛兽，看上去很精神。

他暗自开心地咧嘴笑了。

一周，是吧？

他可要好好享受一周了。

12

埃米莉·布伦特身着黑绸衣衫，正坐在自己的卧室里等着吃晚餐。现在，她在读《圣经》。

她嘴唇翕动，喃喃地念道：

> 外邦人陷在自己所掘的坑中。他们的脚，在自己暗设的网罗里缠住了。耶和华已将自己显明了，他已施行审判。恶人被自己手所作的缠住了。恶人，就是忘记神的外邦人，都必归到阴间。

她闭上嘴，紧紧地抿着，合上《圣经》。

她站起身来，在领口别上一枚苏格兰烟晶宝石别针，走下楼吃饭。

第三章

1

晚饭即将结束。

罗杰斯服务周到，美酒佳肴，宾客尽兴。

在座的每位客人都心情愉快，相互交谈时自在了许多，变得熟络起来。

饮下几杯醇美的葡萄酒，瓦格雷夫法官先生脸上浮现酒意，说起话来幽默风趣。阿姆斯特朗医生和安东尼·马斯顿津津有味地听瓦格雷夫法官说话。布伦特小姐和麦克阿瑟将军正在聊天，说起几个他们都认识的朋友。维拉·克莱索恩向戴维斯先生询问南非的情况，详细地打听南非的方方面面，戴维斯对答如流。隆巴德则在一旁听着。他眯着双眼，偶尔抬起头来扫一眼桌子，观察在座的人。

安东尼·马斯顿忽然说：

“这玩意儿是不是挺有意思的？”

原来，在圆桌中央的玻璃托盘里，摆着几个小瓷人。

“小士兵玩偶，”安东尼说，“这不是士兵岛嘛！我猜是这个意思。”

维拉凑上前去。

“让我看看一共几个？十个吗？”

“没错，正好十个。”

维拉高兴地说：

“真有趣！我看这就是那首童谣说的十个小士兵。我卧室里的壁炉架上有个镜框，里面就镶着这首童谣。”

隆巴德说：

“我房间里也有。”

“我也有。”

“我也有。”

每个人都重复了一遍。维拉说：

“真有意思！”

瓦格雷夫法官嘟囔了一句：“幼稚。”然后继续喝波尔图。

埃米莉·布伦特看看维拉·克莱索恩。维拉·克莱索恩也看看布伦特小姐。两个女人站起身来走了出去。

客厅那扇面向露台的法式落地窗敞着，她们听着海浪拍击礁石的声音。

埃米莉·布伦特说：“真好听。”

维拉语气生硬地说：“我讨厌这种声音。”

布伦特小姐用诧异的目光看着她。

维拉紧张得脸红了起来，但很快又平静下来，说：

“我看这地方一起风就没那么舒服了。”

埃米莉·布伦特表示赞同。

“一到冬天，这幢房子里的人肯定哪儿也去不了，我保证。”她说，“还有一点，这儿的用人也干不长。”

维拉喃喃地说：

“是啊！这座岛不容易雇到人。”

埃米莉·布伦特说：

“奥利弗夫人能雇到这两个用人算是运气好。那个女用人确实烧得一手好菜。”

维拉想：

真有意思，人一上年纪总把别人的名字记混。

她说：

“是啊，我也觉得欧文夫人的运气的确不错。”

埃米莉·布伦特从手提包里拿出针线，正打算开始刺绣，听到维拉的话，她突然停住手，疑惑地问：

“欧文？你刚才说的是欧文太太？”

“是啊。”

埃米莉·布伦特接着说：

“我从来没听说过叫欧文的人。”

维拉一愣。

“可明明是——”

她的话音未落，客厅的门开了。先生们都走了过来。罗杰斯手里托着咖啡盘跟着在后面。

法官走到埃米莉·布伦特身边坐下。阿姆斯特朗医生走到维拉旁边，安东尼·马斯顿大步走到敞开的窗边。布洛尔把玩着一尊铜制小塑像，傻傻地研究塑像上奇特的衣褶线条，似乎是想弄明白这个塑像到底是不是个女性人物。麦克阿瑟将军背对壁炉架而立，捻着自己白色的小胡子。这顿晚饭真不错！他感到精神抖擞。隆巴德站在墙边，从桌上的报纸堆里挑出一本《笨拙》杂志随意翻看。

罗杰斯端着托盘，按顺序给大家端咖啡。高档咖啡，又浓又热，口感一流。

这些客人晚餐吃得很满足，罗杰斯的服务也得到了一致认可，大家都非常愉快。

时钟指针指向八点四十分，屋子里突然变得非常安静，一种令人身心放松的安静。

正在这个宁静的时刻，突然响起一个“声音”，冷酷无情，尖刻刺耳。

“女士们，先生们！请安静！”

所有人都大吃一惊，四处张望，然后看向彼此。是谁在说话？那个清晰洪亮的“声音”继续说着：

“你们被控犯有以下罪行：

爱德华·乔治·阿姆斯特朗，一九二五年三月十四日，你造成路易莎·玛丽·克利斯的死亡。

埃米莉·卡罗琳·布伦特，你要对一九三一年十一月五日比阿特丽斯·泰勒之死负全部责任。

威廉·亨利·布洛尔，一九二八年十月十日，是你导致了詹姆斯·斯蒂芬·兰道的死亡。

维拉·伊丽莎白·克莱索恩，一九三五年八月十一日，你谋害了西里尔·奥格尔维·汉密尔顿。

菲利普·隆巴德，一九三二年二月某日，你杀害了东非部落二十一名男子。

约翰·戈登·麦克阿瑟，一九一七年一月四日，你蓄意谋害妻子的情人阿瑟·里奇蒙。

安东尼·詹姆斯·马斯顿，去年十一月十四日，你杀害了约翰和露西·库姆斯。

托马斯·罗杰斯和埃塞尔·罗杰斯，一九二九年五月六日，你们害死了詹尼弗·布雷迪。

劳伦斯·约翰·瓦格雷夫，一九三〇年六月十日，你谋害了爱德华·塞顿。

监狱的铁栅已经关闭，你们这些罪人还有什么要替自己辩解的吗？”

2

“声音”戛然而止。

屋内死一般寂静。突然，一声大响，回声震动了每个人的心。原来罗杰斯失手把咖啡托盘掉在了地上！

就在此时，客厅外某个地方响起一声尖叫，然后传来“扑通”一声。

隆巴德第一个反应过来，奔到门口，一下子推开门。门外，罗杰斯太太倒在了地上。

隆巴德喊道：

“马斯顿！”

安东尼赶忙冲过去帮忙。他们搀扶着罗杰斯太太，把她扶进客厅。

阿姆斯特朗医生立刻走过来，帮着他们把罗杰斯太太安顿在沙发上。他弯腰查看她，然后说：

“没什么，她只是晕过去了，应该很快就会醒过来。”

隆巴德对罗杰斯说：

“去拿点儿白兰地来！”

罗杰斯脸色煞白，双手颤抖，喃喃地说：

“好的，先生。”然后便出了房间。

维拉喊了起来。

“是谁在说话？他在哪儿？听起来——听起来像是——”

麦克阿瑟将军气愤地说：

“怎么回事？这是开什么玩笑？”

他双手发抖，肩膀塌了下来，好像一下子老了十岁。

布洛尔拿着手帕一个劲儿擦汗。

和他们相比，只有瓦格雷夫法官和布伦特小姐看起来还算镇定。埃米莉·布伦特端庄地坐在那儿，昂首挺胸，脸颊微红。法官一如往常，不拘小节地坐着，脑袋几乎要缩到脖子里去了。他挠着耳朵，眼珠转个不停，东看看西看看，脸上露出既困惑又警觉的神情。

轮到隆巴德发话了。阿姆斯特朗正在照顾晕倒的罗杰斯太太。这让他正好得空，便开口说：

“那个声音听上去好像就在这个房间里。”

维拉喊道：

“是谁？是谁？肯定不是我们当中的人。”

隆巴德也像法官那样，东看西看，眼珠转来转去。他盯着敞开的窗户看了一会儿，接着坚决地摇摇头。突然，他步伐敏捷地走向壁炉架旁边那扇通向隔壁房间的门，眼睛里闪出坚定的光。他一把抓住门把手，猛地把门推开，走了进去，紧接着满意地喊了一声：

“啊，原来如此！”

其他人随即一拥而入。只有布伦特小姐独自坐在椅子上，挺直腰板，纹丝不动。

就在隔壁房间，紧挨着客厅的那堵墙边放着一张桌子。桌上摆着一台留声机，带大喇叭的老式留声机，喇叭正冲着墙。隆巴德一下子把喇叭推开，指了指墙上钻透的几个小孔。若不仔细看，根本无法发现这些小孔。

他调整了一下留声机，把唱针放在唱片上，立刻又响起了那个“声音”：

“你们被控犯有以下罪行——”

维拉喊了起来：

“快关上！关上！太可怕了！”

隆巴德听从她的话，关上了留声机。

阿姆斯特朗医生松了一口气，说：

“这个玩笑未免太不体面，太没有底线了。”

瓦格雷夫法官先生声音不大，但是语气很严肃：

“你认为这只是开玩笑而已？”

阿姆斯特朗医生瞪着他。

“不然是什么？”

法官用手指轻轻点着上嘴唇，说：

“我目前不发表任何看法。”

安东尼·马斯顿说：

“我觉得你们都忘了一个关键问题，究竟是谁把唱片放上去，让它转起来的？”

瓦格雷夫低声说：

“没错，是得查一查。”

他率先走回客厅，其余人也跟着他回来了。

罗杰斯端着一杯白兰地走进来。布伦特小姐俯下身，照顾着哼哼唧唧的罗杰斯太太。

罗杰斯挤进她们中间。

“不好意思，太太，让我来照顾她吧。埃塞尔，埃塞尔，没事了，没事了！你听见了吗？来，振作一点儿！”

罗杰斯太太呼吸急促，两只眼睛惊恐万状地一遍又一遍扫过周围的人，眼神直勾勾的。罗杰斯在她旁边不停地说：

“振作一点儿，埃塞尔，没事了。”

阿姆斯特朗医生安慰她说：

“你现在没事了，罗杰斯太太，只不过受了点儿惊吓。”

她问道：

“我晕过去了？先生？”

“是的。”

“是那个声音。那个可怕的声音，就像末日审判似的……”

她的脸色又发青了，连眼皮都开始发抖。

阿姆斯特朗医生急忙问：

“白兰地呢？”

刚才罗杰斯把酒杯留在一张小桌子上，此时有人帮忙递了过来。阿姆斯特朗端着酒杯，俯身向呼吸急促的罗杰斯太太说：

“把它喝了，罗杰斯太太。”

她把酒一饮而尽。稍微呛了一口，然后急促地喘气。酒精的作用让她脸上顿时有了血色。她说：

“我现在没事了，刚才只是晕过去了。”

罗杰斯立刻说：

“那个声音确实令人头晕，我刚才听到之后也脑袋晕了一下，把盘子都摔了。这是可恶的诽谤，简直罪大恶极！我真想弄弄清楚……”

一声咳嗽。他突然住了嘴。一声轻轻的干咳竟然如同一声大喝，制止了他继续说下去。他看着瓦格雷夫法官先生。法官先生又咳了一声，然后问：

“留声机上的唱片是谁放上去的？是你吗，罗杰斯？”

“我不知道唱片的内容！天哪，我真不知道唱片的内容，先生。如果知道的话，我说什么也不会放。”

法官语调平静地说：

“你说的也许是真话。但是罗杰斯，我希望你最好把事情说明白些。”

管家拿着手绢擦了擦脸上的汗，认真地说：

“我只是奉命行事，先生，真的。”

“奉谁的命？”

“奉欧文先生之命。”

瓦格雷夫法官先生说：

“让我把这一点搞清楚。你说你是奉欧文先生的命令，那么他具体是怎么说的？”

罗杰斯回答：

“他让我把唱片放在留声机上。唱片是从抽屉里拿出来的，我去给屋里送咖啡的时候，让我妻子把留声机打开了。”

法官轻声说：

“故事编的还挺像样。”

罗杰斯嚷了起来：

“我说的是实话，先生。我向上帝发誓，句句属实。我事先并不知道唱片是什么内容，一个字都不知道。唱片上写了标题，我原本以为只是一段音乐。”

瓦格雷夫瞧着隆巴德：

“上面是有标题吗？”

隆巴德点点头。他突然咧嘴一乐，露出一口尖利的白牙，说：

“没错，确实有。唱片标题是《天鹅绝唱》……”

3

麦克阿瑟将军突然大喊大叫：

“这件事简直荒唐透顶，荒唐透顶！怎么能由着他胡乱指责我们？我得给他点儿颜色看看。这个叫欧文的人，我不管他是谁——”

埃米莉·布伦特打断了他，语气尖刻地说：

“关键就在这里。他是谁？”

法官又插话了。多年的法官生涯让他说起话来极富威严：

“我们确实应该把这个问题弄清楚。罗杰斯，我建议你先把你妻子送回房去，安顿她躺下，然后再回来。”

“遵命，先生。”

阿姆斯特朗医生说：

“我来帮你。”

罗杰斯太太浑身无力地靠在两个男人身上，步履蹒跚地走出了房间。他们走后，安东尼·马斯顿提议：

“你们要不要来一杯，各位？我可得喝点儿什么了。”

隆巴德答道：

“我也来一杯。”

安东尼说：

“我去拿酒。”

他走出房间。

转眼他就回来了，说：

“酒就在门口的盘子里放着，等着我把它端进来呢。”

他小心翼翼地把盘子放下，接着把酒倒进几个杯子。麦克阿瑟将军挑了杯烈性威士忌，法官也照样拿了一杯威士忌。大家都需要一点儿酒精刺激。只有埃米莉·布伦特没有喝酒，只要了一杯水。

阿姆斯特朗回到客厅里。

“她没事了，”他说，“我给了她一片镇静剂。这是什么？啊，酒！给我来一杯！”

几位男士又添了些酒。过了一会儿，罗杰斯回来了。

下面的程序由瓦格雷夫法官主持。

这间客厅变成了临时法庭。

瓦格雷夫法官开口问道：

“好吧，罗杰斯，我们必须把事情搞清楚。你告诉我，欧文先生到底是谁？”

罗杰斯瞪大了眼睛。

“他是这幢房子的主人，先生。”

“这一点我知道。我要你把自己对这个人的了解告诉我。”

罗杰斯摇摇头。

“我说不出来，先生。要知道，我从来没有见过他。”

房间里顿时响起一阵轻微的骚动。

麦克阿瑟将军说：

“从来没见过他？这么说是什么意思？”

“我们来到这座岛上还不到一个星期，先生，我是说我和我妻子。他写信联系职业介绍所，雇用了我们，就是普利茅斯那家‘女王职业介绍公司’。”

布洛尔点头表示他听说过这家公司。

“那家公司有些年头了。”他主动介绍。

瓦格雷夫问：

“信还在吗？”

“你是指介绍所的信吗？没有了，先生。我没留着。”

“继续说吧。他们雇你来干活儿，按照你的话说，是写信雇的？”

“是的，先生。他在信上规定了我们要在哪一天到达，然后我们就来了。这里的一切都已经安排好了。厨房里储存了很多食品，家里的装饰品也都是高级货，我们只需要把屋子打扫干净就行了。”

“然后呢？”

“然后就没了，先生。我们都是按照信上的指示办的。他让我们收拾好房间，准备迎接客人。昨天下午，欧文先生来信说，他和他夫人临时有事不能来了，让我们尽量招待好客人。他把晚饭、咖啡之类的事都做了详细说明，并安排我们放唱片。”

法官厉声问：

“那封信一定还在吧？”

“还在，先生。在这里。”

说着，他从衣兜里掏出一封信。法官把信接了过来。

“嗯，”他说，“落款地址是丽兹饭店。信上的字是用打字机敲上去的。”

布洛尔三步并作两步走到他身边，说：

“让我看看。”

他一把将信纸抽过去，把信的内容从上到下扫了一遍，然后轻声说：

“用的是皇冠牌打字机，是新的一款，看不出什么问题。用的信纸是普通信纸。光从这些看，发现不了什么线索，没准儿会有指纹，但也很难说。”

瓦格雷夫突然刻意打量起他来。

安东尼·马斯顿站在布洛尔身旁探出头去看这封信。他说：

“签名真够花哨的。尤利克·诺尔曼·欧文。很特别。”

老法官微微一震，说：

“谢谢你，马斯顿先生。在你的提醒下，我注意到一个既有趣、又耐人寻味的问题。”

他把脖子伸得老长，环视周围的人，样子好像一只发怒的乌龟。他说：

“我觉得大家应该把手上的信息汇总一下，把各自对这幢房子主人的了解都说出来。”他停了一下，然后继续说，“我们都是他的客人。我认为每个人都把自己被邀请来的经过说明白，这样做会好一些。”

话音落下，一阵沉默。接着，埃米莉·布伦特下定决心，开口了。

“整个事情的过程的确有些古怪，”她说，“我收到一封信，署名看不清楚，大概是一位我两三年前在某个避暑度假村见过的女人写来的。我猜她不是姓奥尔顿，就是姓奥利弗。我认识一个奥利弗夫人，也认识一位奥尔顿小姐，但我完全肯定，我从来没见过，也没有结交过任何叫欧文的人。”

瓦格雷夫法官问：

“你带了那封信吗，布伦特小姐？”

“我带来了。这就去给你拿来。”

她离开房间，不到一分钟就把信拿来了。

法官看了信，然后说：

“我开始明白了……维拉小姐？”

维拉把她被欧文雇来当秘书的经过也讲了一遍。

法官说：

“马斯顿，你呢？”

安东尼答道：

“我收到的是电报。是我一个好朋友发来的，他的名字是巴杰尔·巴克莱。当时我觉得很意外，因为我以为这个老家伙已经搬到挪威去了，他这次却请我到这儿来玩。”

瓦格雷夫又点了点头，说：

“阿姆斯特朗医生呢？”

“我是应邀来出诊的。”

“明白了。你以前认识这家人吗？”

“不认识。信里面提到了我的一位同行。”

法官说：

“让信看上去更可信……当然，我估计你跟这位同行最近也没有什么来往吧？”

“这……嗯……还真没有。”

隆巴德一直盯着布洛尔，突然对他说：

“等等，我刚想起来——”

法官举起了一只手。

“等等！”

“我觉得——”

“隆巴德先生，我们一个个来。现在我们正在试图弄清楚大家今晚是怎么聚到这里来的。麦克阿瑟将军，你说说？”

将军捻着胡须，喃喃道：

“有人给我写了一封信——就是这个姓欧文的家伙写的——提到了我的一些老熟人，说他们也要来这儿。说这是一封便函，不够隆重，希望我别介意。信我没留着。”

瓦格雷夫说：

“隆巴德先生？”

隆巴德心乱如麻。说实话？还是继续瞒着他们？他拿定了主意。

“我也是一样，”他说，“收到一封信，邀请我来，还提起了我认识的朋友。肯定是上当了。信我给撕了。”

瓦格雷夫法官转向布洛尔，手指轻拍上嘴唇，语气礼貌得令人不安。

他说：

“刚刚，我们大家经历了令人不安的指控。一个莫名其妙的声音对我们指名道姓地提出了具体的控诉。我们现在就来理一理思路。但是在此之前，有一个细节我很想先搞清楚：在指控里提到的那些名字当中，有一个是威廉·亨利·布洛尔。据我所知，我们中间并没有一个人叫布洛尔，但是戴维斯的名字却没有提到过。这个问题，戴维斯先生，你打算怎么解释呢？”

布洛尔脸色一沉，说：

“真倒霉，被你给发现了。看来我必须承认我不姓戴维斯了！”

“那你是威廉·亨利·布洛尔？”

“没错。”

“我还要补充几点，”隆巴德说，“你到这儿来，不但用了假名，我还发现你是个一级骗子。你自称来自南非纳塔尔港，而我恰恰对南非和纳塔尔了如指掌。我敢发誓，你这辈子根本就没去过南非。”

所有的目光一下子都转向布洛尔，目光中充满了怀疑和愤怒。安东尼·马斯顿向前跨了一步，走近布洛尔，双手不自觉地攥起来。

“行啊，你这个笨蛋，”他说，“还有什么好说的吗？”

布洛尔仰起脸，咬紧牙关。

“各位先生，你们误会了。”他说，“我带着证件呢，给你们看。我本来是刑事调查局的警察。现在在普利茅斯开了一家侦探事务所。我是受了委托，来办公事的。”

瓦格雷夫法官先生问：

“谁的委托？”

“欧文啊！欧文先生给我寄了一大笔钱作为酬金，让我装成普通客人来参加这次宴会。他把你们的名字都告诉我了，要我把你们每一个人都盯紧了。”

“他说这样做的原因了吗？”

布洛尔苦着脸说：

“就是为了欧文夫人的珠宝啊！欧文夫人算个鬼！现在我才不信有这么个人呢！”

法官又开始拍打自己的上嘴唇了，但这次他神情泰然。

“我认为你说得有道理，”他说，“尤利克·诺尔曼·欧文！在布伦特小姐的信上，尽管姓氏签得糊里糊涂，可名字还是相当清楚的，乌娜·南希。你们注意到了吗？每份邀请用的都是同样的首字母：尤利克·诺尔曼·欧文、乌娜·南希·欧文，也就是说，每次都是U.N.欧文。稍微联想一下就能发现，U.N是UNKNOWN[①]的前两个字母，意思就是无名氏！”

维拉大叫着：

“这太荒唐了！真是疯了！”

法官慢慢点着头，说：

“是啊！我认为，毫无疑问，我们都是被一个疯子邀请来的，说不定这是一个极度危险的杀人狂。”

---

① U.N.欧文的同音词。

第四章

1

房间里顿时一片寂静，由于慌张和茫然失措导致的寂静。过了很久，法官终于打破沉默，声音虽小但吐字清晰。

“现在，我们进入下一步的询问。但是，在此之前，我也要做一份陈述证明。”

他从口袋里掏出一封信，放在桌上。

“写信人自称是我的一个老朋友，叫康斯坦斯·卡尔明顿。我很多年没见到她了。她去了东方。信的风格倒是完全像她以往那样：措辞含糊，前言不搭后语。她要我到这里来，提起了这里的这位欧文先生和他太太，但话说得一样含糊。你们都看得出来，像给你们的信一样，用的是同一种手段。我之所以提到此事，是因为这封信同其他证据吻合。总而言之，耐人寻味的一点是，无论把大家召集至此的人究竟是谁，他肯定对我们了如指掌，或者说费尽心机地打听到了不少有关我们的事情。不管他是谁，反正他知道我同康斯坦斯夫人是朋友，甚至熟悉她写信的风格。他知道阿姆斯特朗医生的同行，以及他们的近况。他知道马斯顿先生朋友的绰号以及他拍电报的习惯。他也的确知道布伦特小姐两年前在哪里度过假，遇到了哪些人。就连麦克阿瑟将军的那些老战友，他也都知道。

他停顿片刻，接着说："他简直无所不知！然后，他根据了解的信息，针对每个人提出了具体的指控。"

话音未落便激起一阵喧哗。

麦克阿瑟将军喊叫起来：

"纯属胡说八道，这是诽谤！"

维拉也大叫着：

"不可理喻！"她呼吸急促，"居心不良！"

罗杰斯喘着粗气说：

"这是胡编乱造，胡编的！我们谁也没干过……没干过那种事……"

安东尼·马斯顿咆哮起来：

"我就不明白了，这个浑蛋想干什么？"

瓦格雷夫法官高举起手，平息骚动。

他一字一句地说：

"我想先说一说自己的问题。我被这位不知名的朋友指控，说我谋杀了一个叫爱德华·塞顿的人。塞顿这个人我当然记得很清楚。一九三〇年六月，他被指控谋杀了一位老妇人，就站在我面前受审，凭借三寸不烂之舌打动了陪审团。但是，事实无误，罪证确凿，他肯定是有罪的，再能言善辩也没用。我秉公执法，陪审团后来也认定他有罪，他被判处死刑。之后他不服判决，提起上诉，可是证据不足，上诉自然被驳回，最后他被如期处决了。当着大家的面，我想把话说清楚，在这件事情上，我恪守本职，问心无愧。绝对没有任何过错和触犯法律的地方。我处决的人，是一个证据确凿的杀人犯。”

阿姆斯特朗记起来了！没错，就是塞顿那桩案子！当时的审判结果让所有人大吃一惊。记得在审案期间，有一天他在饭馆吃饭时遇见了法律顾问马修斯。马修斯很有把握地告诉他：“基本上可以肯定，塞顿会被无罪释放，证据确凿，没有问题。”后来他又听到了各种议论：“法官执意与被告作对，操纵陪审团，结果是被告判处死刑。当然，法律流程上找不出任何破绽。说到底，这件案子完全是法官公报私仇，加害被告。”

这件案子的前前后后一下子涌上阿姆斯特朗心头，他还没想清楚，嘴就比脑子快了一步，开口问道：

“你以前不认识塞顿吗？我的意思是，在审理这件案子之前，你不认识塞顿吗？”

法官耷拉着眼皮，眼神诡异地望着他，语气冰冷、态度坚决地回答道：

“在审理这桩案子之前，我和塞顿这个人素不相识。”

阿姆斯特朗医生心想：

这个老东西在撒谎——我再清楚不过了，他分明是在撒谎。

2

维拉·克莱索恩的声音哆哆嗦嗦的：

“我愿意跟你们说说关于那个孩子的事。那孩子叫西里尔·汉密尔顿，我负责照顾他。本来不许他游泳的时候游出去太远。有一天，我一不留神，他就游远了。我使劲儿往前游，想追上他…但我真的追不上……确实太可怕了……但这不是我的错啊。法官质询时，验尸官对我丝毫没有质疑，孩子的母亲是个心地善良的人，她也没有责怪我。可是，这个人凭什么……凭什么说出这样可怕的话？这对我太不公平了，不公平……”

她一时语塞，兀自伤心地哭了起来。

麦克阿瑟将军拍拍她的肩膀，说：

“好了，好了，亲爱的姑娘。你受到这样的诬陷当然是不公平的。那家伙是个疯子，一个疯子，精神错乱，颠倒是非，胡说八道。”

他突然站起来，腰板挺直，端着肩膀大声说：

“我们都不要把这个人的话往心里去。当然，我也想说几句。他说得不对……他说的那些事根本不对。呃……阿瑟·里奇蒙是我的一个副官。有一次，他被我派去执行侦察任务，结果中了埋伏，牺牲了。战争中难免出这种事。不仅如此，还有一点我必须说清楚，我现在很气愤，这个家伙居然还敢污蔑我夫人。她是天底下最好的女人，就像恺撒的妻子一样！”

麦克阿瑟将军说完就坐下了，颤抖的手扯着胡子。说出这段话可费了他不少劲儿。

隆巴德说话了。他眼中闪过一丝狡黠：

“关于东非土著的事情——”

马斯顿问：

“他们是怎么回事？”

菲利普·隆巴德微微一笑。

“事情就是那样。我把他们甩下，自己跑了。为了保全自己嘛。我们在林子里迷了路。我和另外几个人把粮食全带上，然后溜了。”

麦克阿瑟将军严肃地问：

“你把自己的部下抛弃了，让他们活活饿死在森林里？”

隆巴德说：

“我也知道自己这样做是有点儿不仗义。但是，我已经说过了，是为了保全我自己的性命！而且土著人本来也把生死这种事看得比较淡，你也知道，他们不像欧洲人。”

维拉抬起头，吃惊地望着隆巴德，说：

“你就让他们……等死吗？”

隆巴德说：

“对，让他们等死。”

他取乐般地盯着维拉惊恐的双眼。

安东尼·马斯顿一边琢磨，一边慢吞吞地说：

“我刚才一直在想，约翰和露西·库姆斯，这两个人应该就是我在剑桥附近撞死的那两个孩子了。可真是倒霉透顶。”

瓦格雷夫法官先生尖锐地问：

“谁倒霉？你？还是他们？”

安东尼说：

“是啊，我觉得算我倒霉。当然，你说得也没错，他们俩也够倒霉的。可这纯粹是个意外。他们突然从屋里还是什么别的地方冲出来，撞上我的车。害得我的驾驶执照被吊销了一年。真是倒霉透了。”

阿姆斯特朗医生气不打一处来，嚷嚷道：

“你把车开得这么快本来就不对！像你这样的年轻人对社会简直是个祸害。”

安东尼不屑地耸了耸肩膀，说：

“我的车开得快不快还得另当别论，反正英国的公路是没法指望了，速度根本提不上去。”

他环顾四周，想找自己的酒杯，结果在另一张桌子上找到了。

他跑到靠墙的酒桌边，给自己倒了一杯威士忌加苏打，回过头来说：

“反正不管怎么说，这件事怪不得我，不过是一次意外而已！”

3

男管家罗杰斯搓着双手，舌头舔了舔发干的嘴唇，毕恭毕敬地轻声问道：

“能允许我说两句吗，先生们？”

隆巴德说：

“说吧，罗杰斯。”

罗杰斯清了清嗓子，再一次用舌头润润发干的嘴唇。

“是，先生。刚才那段指控里提到了我和我太太，还有布雷迪小姐。我保证，这家伙说的没有一句是真的，先生。我和我太太一直伺候布雷迪小姐，直到她去世。布雷迪小姐的身体一向不好，从我们开始伺候她的时候，她身体就不好。出事那天晚上刮着大风，先生，她突然就犯病了。碰巧电话又坏了，我们没法给她找医生。我是一路走着把医生请来的，可是医生到的时候已经来不及了。我们确实想尽了一切办法救她。我们两口子对她忠心耿耿，这是事实，不论是谁都会这样评价我们俩。从没有人指控过我们半句，从来没有。”

隆巴德看着罗杰斯由于紧张而扭曲的脸，若有所思。这人嘴唇发干，眼神惊恐。隆巴德心里想着他刚才失手打翻咖啡盘的事，默默地问道：“哦，是这样吗？”

布洛尔恢复了真实身份，盛气凌人地说：

“那老太太去世以后，你们俩应该得到了不少好处吧？

是不是？”

罗杰斯打起精神，冷淡地回道：

“布雷迪小姐觉得我们忠心可靠，把她照顾得很周到，所以留了一笔遗产给我们。我想请教一下，这有什么问题吗？”

隆巴德说：

“布洛尔先生，说说你自己吧！”

“我有什么可说的？”

“那份起诉书上面也有你的大名。”

布洛尔脸色一沉。

“你是说兰道吗？那是一起银行抢劫案——伦敦商业银行。”

瓦格雷夫法官先生吃了一惊。他说：

“我想起来了。虽然这案子不是我审的，但我对这件事有印象。兰道是因为你的证词才被定罪的。你是负责那起案子的警察？”

布洛尔说：

“正是。”

“兰道被判处无期徒刑，终身劳役，他体质很弱，一年后就死在达特穆尔监狱。”

“他是罪犯，是他把夜班警卫打昏了的，这是明摆着的事，他活该被判刑。”

瓦格雷夫徐徐讲道：

“而你却因为办案有功，获得了嘉奖，我说得没错吧？”

布洛尔一本正经地答道：

“我被提拔了。”

随后，他又一字一句地补充说：

“我这叫尽职尽责，秉公办事。”

隆巴德突然放声大笑：

“看来我们都是些奉公守法、尽职尽责的优秀公民啊！当然，不包括我本人。那么，你又是怎么回事呢，阿姆斯特朗医生？还有你那小小的医疗事故？你是做了什么违法的手术吧！”

埃米莉·布伦特小姐十分厌恶地瞥了他一眼，挪得离他远了些。

阿姆斯特朗医生维持着他一贯的好性子，就像什么事也没发生一样，仅仅是摇了摇头。

“关于这件事，我也是一头雾水。”他说，“唱片里提到的那个名字，我也搞不清楚是谁。那个人叫什么来着，克利斯？还是克洛斯？我不记得自己接手过叫这个名字的病人，也不记得她和哪起医疗事故有什么关系。我感到相当迷茫！当然，有可能是我做过的某次手术，不过我也记不清具体是哪次了。有的病人送到医院的时候就已经不行了。这种情况多得很！但是只要病人一死，他们总说是医生失职。”

他叹口气，摇摇头。

他心里在想：喝醉了——就是那次——我喝醉了……醉醺醺地站到手术台上！神经麻痹……双手发抖。是我杀了她，没错，那个女人——变成了可怜的冤魂——要是没喝酒的话，这种小手术根本不会出事。当然，在场的护士心里是有数的——但是没人声张。天哪，那次可把我吓坏了！以后再也不敢了。可是事隔多年，谁会翻出这笔旧账来呢？

4

房间里一片寂静。每个人都看着埃米莉·布伦特。有人偷偷摸摸地盯着她，有人上下打量着她。大家沉默了足足有一两分钟，布伦特这才意识到别人在等她开口说话。于是，她窄窄额头下面的眉毛一挑，说：

“你们都在等我说话？我没有什么好说的。”

法官问：

“一句话也没有吗？布伦特小姐？”

“无可奉告。”

她紧闭双唇。

法官摸摸下巴，和气地说：

“你想要保留为自己辩护的权利？”

布伦特小姐毫不客气地回答：

“根本就不是辩护不辩护的问题。我这个人做事从来不昧着良心，所以我也没有做过什么会被人谴责的事。”

房间里的气氛显然有些尴尬。但是埃米莉·布伦特不为所动，仍旧不卑不亢地坐着。

法官清了清嗓子，说：

“询问到此为止。罗杰斯，除了我们，还有你和你太太，此外，岛上有别的人吗？”

“没有人了，先生。一个人也没有。”

“你能肯定吗？”

“完全肯定，先生。”

瓦格雷夫说：

“虽然我还不太清楚这座岛的主人让我们在此聚会的目的是什么，但是据我看来，这个人无论是谁——至少用正常人的眼光来看——肯定不正常，甚至可能是非常危险的。所以，我建议我们尽快离开这儿，今晚就走。”

罗杰斯说：

“很抱歉，先生。岛上没有船。”

“一艘船都没有？”

“是的，先生。”

“那你和岸上怎么联系？”

“弗雷德·纳拉科特每天早晨过来，先生。他给岛上送来面包、牛奶、邮件，然后听候我们的吩咐。”

瓦格雷夫法官说：

“那么，等明天早晨纳拉科特一来，我们就走，就这样定了。”

大家纷纷表示赞成，只有一个人反对。

只有安东尼 · 马斯顿不以为然。

“你们是心虚还是怎么回事？”他说，“我们至少得把谜题解开再走。这简直就像一个侦探故事，太刺激了。”

法官挖苦他说：

“活到我这把年纪，是不会享受你所谓的这种‘刺激’了。”

安东尼微笑着说：

“平凡本分地度过余生，是多么无奈之举！犯法又如何？来，为犯法干一杯！”

他举起杯子，一饮而尽。

没准儿是因为喝得太急了，他被酒呛了一口——呛得很厉害，他面部抽搐，脸色发紫，大口大口地喘着气——

紧接着，他从椅子上跌下来，摔倒在地，酒杯滚落在一旁。

第五章

1

突如其来的死亡让在座的每个人都措手不及，他们屏住呼吸，呆若木鸡地看着在地上缩成一团的人。

随后，阿姆斯特朗医生猛地站起来，跑到马斯顿身边蹲下。当他抬起头来的时候，双眼茫然，一脸迷惑不解。

他轻轻地低语着，惊恐至极。

“我的天！他死了。”

所有人都没听懂，一时不知他在念叨什么。

死了？死了？这位拥有大把美好青春的小伙子，一下子就倒地不省人事了。健壮的年轻人不应该就这样死去，一杯威士忌苏打水就要了他的命。

不，不应该这样。

阿姆斯特朗医生盯着他的脸，凑上去闻了闻他发青扭曲的嘴唇，然后从地上捡起安东尼·马斯顿丢落的酒杯。

麦克阿瑟将军问：

“死了？这个小伙子喝酒呛了一口，结果——就呛死了？”

阿姆斯特朗医生说：

“也可以说是呛死的。总之是窒息导致死亡。”

说完他闻了闻那只杯子，用一根手指蘸了一下杯中的残酒，小心翼翼地伸进嘴里，舌尖轻轻地碰了碰手指。

他随即神色大变。

麦克阿瑟将军说：

“从来没听说过这种死法——就这么被呛死了！”

埃米莉·布伦特一字一顿地说：

“生即是死，无时无刻。”

阿姆斯特朗医生突然站起身，说：

“不，正常情况下，人是不会因为呛了一下就死的。马斯顿的死并不是我们通常说的自然死亡。”

维拉的声音低得几乎像耳语，她喃喃地说：

“难道是……酒里放了什么东西？”

阿姆斯特朗医生点点头。

“有可能。看来像是氰化物之类的化学品，没有闻到氢氰酸的特殊气味，可能是氰化钾。这种东西发作得特别快。”

法官厉声问道：

“他杯子里有氰化钾？”

“对，就在他杯子里。”

阿姆斯特朗走到放酒的桌子旁，打开威士忌酒瓶的瓶塞，闻了闻，又尝了尝。接着他又尝了尝苏打水，摇摇头。

“都没问题。”

隆巴德问：

“你的意思……难道那是他自己放到酒里的？”

阿姆斯特朗点点头，但是一脸迷惑，似乎对这个推论并不满意。

“看起来好像是这样。”

布洛尔说：

“自杀，嗯？太奇怪了！”

维拉慢慢地说：

“谁能想到他会自杀呢？他这么年轻！一副……一副活不够的样子！今天傍晚他开车驶下山坡的时候，那种感觉简直就像……就像……哎，我真没法形容！”

其实大家都知道她要说什么：安东尼·马斯顿春风得意，无论如何都不应该就这样死了。

阿姆斯特朗医生问：

“有没有自杀以外的可能呢？”

大家都慢慢地摇着头，沉思着。还能有别的解释吗？谁都没动过那瓶酒，大家都看到安东尼·马斯顿自己走过去，亲手往杯子里倒了酒。所以，显而易见，酒里的氰化物就是安东尼·马斯顿自己下的。

但是，还有一个问题：安东尼·马斯顿为什么要自杀呢？

布洛尔百思不得其解，说：

“医生，要我说，这件事有点儿不对劲儿。我觉得马斯顿肯定不是那种想自杀的人。”

阿姆斯特朗回答：

“我同意。”

2

大家的分析只能到此为止，还能说什么呢？

阿姆斯特朗和隆巴德一起把安东尼·马斯顿的尸体放到他自己的房间里，盖上一条床单。

他们下楼的时候，其余人还围成一圈站着。虽然晚上天气并不冷，但是大家似乎都有点儿发抖。

埃米莉·布伦特说：

“我们都回房间睡觉吧，已经不早了。”

已经过了午夜十二点，她的建议并没错，但是没有人想离开客厅，似乎都想待在一起，让心里更踏实一些。

法官说：

“是啊！我们必须休息一会儿。”

罗杰斯说：

“我还没有收拾呢，我得收拾餐厅。”

隆巴德随口说：

“明天早上再做吧。”

阿姆斯特朗医生则问他：

“你太太没事了吧？”

“我去看看，先生。”

过了一会儿，他回来了。

“她睡熟了。”

“很好，”阿姆斯特朗医生说，“别吵醒她。”

“是，先生。我去把餐厅收拾一下，顺便看看四周的门是不是都锁好了，然后再回去休息。”

他穿过客厅，走向餐厅。

其他人陆陆续续地迈着沉重的步伐，慢吞吞地往楼上走。

如果这是那种老房子，地板踩上去嘎嘎作响，房子里忽明忽暗，夹板墙又厚又沉的话，很容易让人感到毛骨悚然。但这幢房子的装修风格是最时髦的，屋里没有任何黑暗的角落，也不可能设置暗门或者带轨道的墙。到处灯火通明，放眼看去，每件东西都是崭新的，光可鉴人。屋子里没有暗藏的机关，简直都没有秘密可言，连一丝阴森恐怖的气氛也没有。

不知为何，现在这幢别墅却成了最恐怖的……

他们互相道过晚安，走上楼回各自的房间。不用说，他们全都本能地、想都不想地锁上了门。

3

瓦格雷夫法官的房间色调柔和、装饰温馨。他正在脱衣服准备就寝。

他脑子里还在想爱德华·塞顿。

他当然清楚地记得塞顿：一头漂亮的头发，蓝眼睛，总是那样真诚地望着你，表情亲切。也正是如此，陪审团才对他有强烈的好感。

卢埃林作为公诉人，太急于求成，以至于乱了手脚。

马修斯作为辩护律师，则表现得极为出色。他的论点有力，法庭询问过程中句句击中要害。应对证人席上的当事人时，表现无懈可击。

不仅如此，塞顿也经受住了盘问的考验，他既不紧张，也不冲动。陪审团的表情说明他们被打动了。照此情形，马修斯认为大局已定，只等着观众为他欢呼了。

法官小心地把表上好发条，放在床头。

他清楚记得当时自己高坐在法庭之上的那种感觉……耳朵听着，拿笔记着，每一处细节都不放过，哪怕是能够证实罪犯有嫌疑的一丁点儿证据，他都搜罗详尽。

他对这个案子极感兴趣！马修斯的结案陈词一气呵成。随后发言的卢埃林完全没能消除陪审团对辩护律师的好感。

之后就轮到他作总结陈词……

瓦格雷夫法官小心翼翼地取下假牙，放进水杯里。他干瘪的嘴唇凹进嘴里，模样立刻变得冷酷无情。不仅冷酷，甚至残忍嗜血。

法官眯着眼，默默地笑了。

结果，塞顿还是被他干掉了。

风湿病又发作了。他忍着病痛，低声呻吟着爬上床，随手关了灯。

4

罗杰斯一脸疑惑地站在楼下的餐厅里。

他瞪着桌子中央的那盘小瓷人。

自言自语地咕哝：

“奇怪！我发誓本来应该一共有十个人。”

5

麦克阿瑟将军在床上辗转反侧。

无论如何也无法入睡。

黑暗中，他眼前不断浮现出阿瑟 · 里奇蒙的面庞。

他曾经那么喜欢阿瑟——他一直是真心喜欢阿瑟，甚至连莱斯利也喜欢阿瑟这件事都让他很高兴。

莱斯利是个难以捉摸的女人，很多不错的家伙都让她嗤之以鼻，总是说他们“笨蛋一个”！

然而，她却很喜欢阿瑟·里奇蒙。他们俩一认识就相处得很好。一起谈论戏剧、音乐和电影。她和他开玩笑，逗他发笑。麦克阿瑟想到莱斯利像母亲一样喜爱这个大男孩，也感到由衷的高兴。他居然以为他们的感情就像母子一样！该死！他竟然把里奇蒙已经二十八岁而莱斯利只有二十九岁都忘了。

他是一直爱着莱斯利的。他此时此刻就能看到她。她那张桃心脸，深灰色的双眸顾盼生辉，褐色的头发浓密卷曲。他一直深爱着莱斯利，对她无比信任。部队远在法国的时候他度日如年，总是呆呆地坐着思念她，从军装上衣口袋里掏出她的相片来看。

但是后来，他发现了秘密！

就像小说里的情节一样。莱斯利把信放错了信封，她同时给他们两人写信，却把给里奇蒙的信纸装到寄给丈夫的信封里了。即使在事隔多年之后的今天，他一想起这件事，仍然能感受到当时的打击，那种痛苦——

痛彻心扉！

他们之间的丑事已经持续很久了，信里写得很清楚。每个周末，还有里奇蒙上次休假，他们……

莱斯利——莱斯利和里奇蒙！

这个该死的家伙！他那张该死的笑脸！那声该死的响亮的“是，长官！”骗子，伪君子！偷别人老婆的贼！

杀意在他心中的阴暗森林里滋生成长。

他想方设法表现得不露声色，尽力让自己对里奇蒙的态度和往常一样。

他能做到吗？里奇蒙毫无察觉，他自认为戏演得不错。他们都身处异乡，远离家园，情绪偶尔起伏也不足为奇。

就是小阿米泰奇有几次好奇地望着他。那孩子年纪还小，但是人小鬼大。

终于，他的机会来了——也许正是那时，阿米泰奇发现了端倪。

他故意让里奇蒙去前线送死。如果里奇蒙能毫发无伤地回来，那才叫奇迹。当然，奇迹并没有发生。没错，麦克阿瑟就是故意派他去送命。但他没有一丝愧疚之意。死亡对于士兵而言本来就是司空见惯的事。在军官的指挥下，士兵不断地被派往前线，做出无谓的牺牲。过后有人也许会说："老将军当时也慌了神，乱了手脚，损失了几个好部下。"除此以外，还能说什么？

但是，在阿米泰奇眼里可不是这么简单。他看将军的眼神就是和别人不同。估计他已经发现里奇蒙是被他故意派去送命的。

（战争结束以后，阿米泰奇会不会把这件事说出去？）

莱斯利毫不知情。莱斯利为了心上人的死哭泣过（他估计），但他回到英国的时候，她的伤心已经过去了。他从来没有向莱斯利摊牌。他们继续一起生活——只是，她难免常常表现得魂不守舍。就这样又过了三四年，她患上了双侧肺炎，不治而亡。

那些都是很多年以前的事，大概有十五年——十六年了吧？

随后，他离开军队搬到德文郡定居，买了一小块地，实现了多年以来的愿望。邻居待他都比较友善，所谓的幸福居所也不过如此了。偶尔去打猎、垂钓，每逢礼拜都去教堂。（除了牧师讲大卫把乌利亚派去前线送死的那天，他无论如何都不想听这段话，因为一听这个他就会坐立不安。）

大家都对他以礼相待。日子一开始就是这样平静，后来，他越来越不安，总感到有人在背后议论他。别人看他的眼神也多多少少有点儿不对劲儿，好像他们都听到了些什么——流言蜚语似的……

（阿米泰奇？不会是阿米泰奇说了些什么话吧？）

从此以后，他总躲着别人，独自待着。总觉得有人在议论自己，那样确实过得不够舒心。

时光飞逝，带走了许多人和事。莱斯利已经去世多年，阿瑟·里奇蒙也一样。对于陈年旧事，还能有什么新麻烦？

不过如此一来，他的生活也变得相当孤单，一直躲着军队里的老战友。

（万一阿米泰奇乱说，那别人就全都知道了。）

现在——就在今天晚上——一个神秘莫测的声音揭穿了他多年来精心保守的秘密。

他处理得对不对？咬紧牙关不松口？通过表现出愤慨厌恶的情绪，把真实的心虚和惊慌掩盖过去？不知道。

当然，谁也不会把这种指控当真。这种莫须有的罪名，完全是捕风捉影。就拿那个可爱的姑娘来说，那个“声音”指控她淹死了一个小孩！这怎么可能？谁知道这是哪个疯子信口雌黄？

埃米莉·布伦特——原来是军队里老汤姆·布伦特的侄女。她竟然也被指控谋杀！明白人看一眼就知道，她有多么虔诚，说她是牧师的羔羊也不夸张。

该死的怪声！一定是有人疯了！绝对是！

自从他们来到这里——他们是什么时候到的？啊，该死！明明是今天下午才来到这儿的，怎么感觉时间已经过了那么久？

他想：不知道什么时候才能离开这里！

明天，只要大陆的摩托艇一来就走。

奇怪的是，此时此刻，他竟然不想离开这个岛了。回到对岸，回到他那个小房间，回到种种麻烦和烦恼之中。敞开的窗户里飘进海浪拍击礁石的声音，此时海水的声音比傍晚更加沉重，更加响亮。海风也呼啸起来。

他想，平静之声。平静之处……

他心想，小岛的好处就在于与世隔绝，谁也别想独自离开，就像是来到了万事的归处。

他忽然发现，自己根本不想离开这座岛。

6

维拉·克莱索恩躺在床上瞪着天花板。

她的床头灯还亮着。她怕黑。

她脑中思绪起伏：雨果……雨果……为什么我觉得今晚你总是看着我？好像就在我的身旁……

雨果究竟在哪儿？我不知道，也永远不想知道。他就这么走了——不辞而别——从此与我没有任何关系。

要做到不去想雨果谈何容易。他就在她身边。她无法不想他——无法忘了他……

康沃尔……

黑色的海礁，一望无际的金色沙滩，心宽体胖的汉密尔顿夫人，西里尔拉着她的手，没完没了地吵闹。

“我想游到礁石那边去，维拉小姐。你为什么不让我游到礁石那边去？”

她抬眼向上一看，正好与雨果注视着她的目光不期而遇。

晚上，西里尔睡着了。

“维拉小姐，出来散散步吧。”

“好，我们出去走一走。”

他们俩在海滩上散步，月光洒满海滩，大西洋的海风温柔地吹着。

突然，雨果的胳膊环住了她的腰。

“我爱你，我爱你，你知道我爱你吗，维拉？”

当然，她知道。

（也可以说她以为自己知道。）

“我没办法向你求婚。我身无分文，连自己都养活不起。说出来你也许不相信，我足足有三个月盼着自己能一下子变成富翁，其实机会就在我面前。莫里斯死了整整三个月之后，西里尔才出生。假如西里尔是个女孩……”

假如西里尔是女孩，那这一切就都是雨果的了。他承认自己失望透顶。

“当然，我没有完全指望这个。但是，我确实也很失望。算了，虽然我运气不好，但是西里尔还是很讨人喜欢的，我可是很疼爱他。”雨果很疼爱西里尔，无论小侄子想玩什么，雨果都陪他玩，所以西里尔这孩子也很喜欢他。雨果似乎天生就不会记仇。

西里尔不是那种强壮的孩子。也许可以更坦白地说，他是那种体质很弱，容易生病的孩子……

然后……

“维拉小姐，为什么我不能游到礁石那边去？”

西里尔反反复复地缠着她问，快要把她烦死了。

“不行，太远了，西里尔。”

“可我……维拉小姐……”

维拉起身走到梳妆台旁，吃了三片阿司匹林。

她想：如果我带了真正的安眠药就好了。

她又想：要是我想一了百了的话，就多吃些安眠药，我可不要吃氰化物！

一想到安东尼·马斯顿那张紫青色扭曲的脸，她不由得打了一阵寒战。

她走到壁炉前，抬头望着镜框里关于小士兵的歌谣。

十个小士兵，出门打牙祭；

不幸噎住喉，十个只剩九。

她暗自想道：太可怕了，就像我们今天晚上……

安东尼·马斯顿为什么要自杀呢？

她可不想自杀。

她根本无法想象轻生的念头。

死亡和她无关——死亡是别人的事……

第六章

1

阿姆斯特朗医生在做梦。

手术室里闷热难耐……

肯定是有人把温度调得太高了。汗水不停地从他脸上滴下来，他的两只手也湿漉漉的，连手术刀都握不牢……

这把刀的刀刃锋利，简直太完美了……

用这样的刀子杀人简直易如反掌。他现在不就是在杀人吗……

这个女人的身体看起来很不一样，她本来应该是肥胖宽厚的，现在却瘦得像一把骨头，而且也看不到脸。

他要杀的人是谁来着？

他不记得了。可是他必须知道。该不该去问护士？

护士正盯着他。不，不能问护士，她已经起了疑心，他能看出来。

可是，躺在手术台上的是谁？

他们不应该把脸盖起来……

要是他能看见这张脸……

啊！这样好多了，一个年轻的实习医生把盖在脸上的单子扯掉了。

埃米莉·布伦特，就是她。他就是要杀死埃米莉·布伦特。她的眼神太恶毒了！她的嘴唇在翕动，她在说什么？

“生即是死……”

她正在笑。不，护士，别再把单子盖上去。让我来看看。我需要麻药。乙醚放在哪儿？我肯定带乙醚了。你把乙醚放到哪儿了，护士？沙托纳迪帕普红酒？行，这个也行。

把单子掀开，护士。

没错！我早就知道，这是安东尼·马斯顿！脸色乌青，五官变形。可他并没有死，他在笑。我说，他正在笑！手术台都被他晃动了。

小心点儿。护士，你要扶稳了，扶稳了——

突然，阿姆斯特朗医生惊醒过来。天色大亮，阳光照进房间。

有个人正弯腰摇晃他！是罗杰斯。他脸色苍白，喊着：“医生——医生！”

阿姆斯特朗医生完全清醒了。

他从床上坐起来，急忙问：

“怎么了？”

“我妻子，是我妻子不好了，医生。我叫不醒她，天哪！我怎么叫她都不管用，而且——我觉得她看上去不太对劲儿。”

阿姆斯特朗医生麻利地披上睡衣，跟着罗杰斯走了。

罗杰斯太太安静地躺在床上。阿姆斯特朗医生在床边俯下身，拿起她冷冰的手，翻开她的眼皮检查，过了好几分钟才站起来，转过身来。

罗杰斯小声问道：

“她是不是……是不是……”

他伸出舌头舔了舔发干的嘴唇。

阿姆斯特朗点点头。

“对，她死了。”

他看着眼前这个男人，若有所思。接着又走向床边的桌子，洗漱池，最后回到这个不会醒来的女人身旁。

罗杰斯问：

“是不是……心脏病？”

阿姆斯特朗医生过了一两分钟才答话：

“她平时身体如何？”

“有风湿病。”

“最近看过医生吗？”

“医生？”罗杰斯瞪大了眼睛，“我们俩好多年没看过医生了。”

“你为什么觉得她有心脏病？”

“我不知道，医生，我不知道是为什么。”

阿姆斯特朗说：

“她的睡眠好吗？”

这一次，罗杰斯眼神闪躲，双手握在一起不安地搅动着，嘴里嘟囔着：

“她睡眠不太好……不好。”

医生紧追不舍地问：

“她有没有吃过什么药物来帮助睡眠？”

罗杰斯惊讶地看着他。

“吃药？帮助睡眠？我没听她说过，肯定没有。”

阿姆斯特朗走向洗漱池。

池子周围放着不少瓶瓶罐罐。洗发露，香水，缓泻剂，黄瓜甘油，漱口水，牙膏……

罗杰斯帮忙拉出梳妆台的抽屉，他们从这个抽屉开始翻，一直翻到五斗柜，也没找到任何安眠药。

罗杰斯说：

“除了你给她的药，昨晚她没吃过别的……”

2

宣布早餐已经备好的钟声在九点钟准时敲响，大家都起床了，正等着一起吃饭。

麦克阿瑟将军和法官在外面的露台上散步，聊着对政局的看法。

维拉·克莱索恩和菲利普·隆巴德在别墅后面，他们登上了小岛的最高点，布洛尔也站在那里眺望远方的大陆。他说：

“我一直在这儿守着，还没看到摩托艇的影子。”

维拉微笑着说：

“德文郡是个适合睡懒觉的地方，人们做起事来总是拖拖拉拉的。”

菲利普·隆巴德望着海的另一边。

他突然问：

“你们觉得天气怎么样？”

布洛尔看了看头顶的天空，说：

“依我看没什么问题。”

隆巴德无奈地吹了声口哨，说：

“要我说，过不了一天就该起风了。”

布洛尔说：

“是风暴吗？”

下面的房子里传来钟声。

菲利普·隆巴德说：

“吃早餐了！好，我准备去吃点儿。”

他们沿斜坡走下来的时候，布洛尔心事重重地对隆巴德说：

“你知道，这件事我想不通——那小伙子为什么要自杀？昨天晚上我想了一宿都没有想通。”

维拉就在前面不远处。隆巴德放慢脚步，问道：

“你有什么疑问吗？”

“我在想证据，首先是自杀动机。我觉得，按理说他挺有钱的。”

埃米莉·布伦特穿过客厅的落地窗，迎了上来。

她不客气地问：

“船来了吗？”

“还没有。”维拉回答。

他们走进屋去吃早餐。餐架上摆着一大盘咸肉和鸡蛋，还有茶和咖啡。

罗杰斯打开门让他们进去，然后在外面随手把门带上。

埃米莉·布伦特说：

“这个人今天早晨不太对劲儿。”

阿姆斯特朗医生站在窗边，他清了清嗓子，说：

“今天早晨如果有什么照顾不周之处，请大家——呃——请大家谅解。早餐是罗杰斯一个人准备的，罗杰斯太太今天早晨已经，呃——无法继续工作了。”

埃米莉·布伦特唐突地问：

“她怎么了？”

阿姆斯特朗医生敷衍地说：

“我们还是先吃早餐吧，不然鸡蛋要凉了。吃完饭我有事要和大家说一说。”

大家心领神会，都去盛了早餐，端来咖啡和茶，开始吃饭。

所有人都心照不宣，闭口不提岛上的事，而是随便聊天，说说国外的新闻、体育比赛，还有尼斯湖水怪最近又出现了之类的事。

就这样，餐具撤走以后，阿姆斯特朗医生把椅子往后挪了挪，然后清了清嗓子，正色道：

“我认为还是等诸位用完早餐以后再来宣布这个不幸的消息。罗杰斯太太昨夜在睡梦中去世了。”

接着响起了惊叫声。

维拉大叫着：

“太可怕了！我们来到这儿之后，死了两个人！”

瓦格雷夫法官先生眯起双眼。他声音不大，但话说得很清楚：

“嗯，令人震惊。那么，死因是什么呢？”

阿姆斯特朗无奈地耸着肩，说：

“暂时还说不清。”

“必须要等尸体解剖吗？”

“当然，我现在无法做出任何结论。我也不清楚罗杰斯太太的健康状况。”

维拉说：

“她看上去精神高度紧张，昨晚又受到了惊吓，有可能是心脏吓出了毛病。我猜是这样。”

阿姆斯特朗医生干巴巴地说：

“她的心脏的确出了问题，因为已经不再跳动了。但关键是，什么原因导致了这个问题。”

埃米莉·布伦特突然说了一个词，对在座的各位而言，真是既有分量又干脆。

“良心！”

阿姆斯特朗向她转过身去。

“你想说什么？布伦特小姐？”

埃米莉·布伦特紧绷着嘴唇，她说：

“你们全都听见了。有人指控她和她丈夫，说他们蓄意谋杀了前任主人，一位老夫人。”

“你的看法呢？”

埃米莉·布伦特说：

“我觉得指控是真实的。昨天晚上你们都看见了，她听到之后就吓坏了，晕过去了。她的罪行被人公之于众，她受不了这种惊吓。她就是被吓死的。”

阿姆斯特朗医生疑虑重重地摇着头。

“这是一种推测，”他说，“但是在查清楚她的健康状况之前，谁也不能肯定。如果心脏确实出了问题——”

埃米莉·布伦特冷酷地说：

“如果说得委婉一些，就称之为‘天意’吧。”

所有人都大吃一惊。

布洛尔先生不安地说：

“你也未免把话题扯得太远了，布伦特小姐。”

她看着大家，两眼炯炯有神，抬着下巴说：

“你们不相信一个罪人会因为上帝的威怒而恐惧致死？反正我信。”

法官摸着下巴。语气里透着些许讽刺意味，轻声说：

“我亲爱的女士，根据我多年来的经验，以及我对犯罪案件的了解，天意总是把判决和惩罚的工作留给我们这些凡夫俗子来处理，这项工作总是困难重重，没有捷径。”

埃米莉·布伦特不以为然地耸耸肩。

布洛尔问：

“昨天晚上她上床以后吃过什么？喝过什么？”

阿姆斯特朗说：

“什么也没有。”

“没有吗？没喝过一杯茶、一杯水吗？我敢打赌说她喝过一杯茶。事情总是这样。”

“罗杰斯说她什么东西也没有吃过。”

“啊！”布洛尔说，“他肯定会这样说。”

他的语气如此坚决。阿姆斯特朗盯着他看了半天。

菲利普·隆巴德说：

“这样说来，你觉得她吃过别的东西？”

布洛尔粗鲁地反问道：

“怎么了，不可以吗？昨天晚上的指控我们大家都听见了。也许是空穴来风，血口喷人！但话说回来，也不是毫无可能！假设控告是真的，罗杰斯和他太太谋杀了那个老太太。如果是真的，你怎么想？他们之前一直是心安理得——”

维拉打断了他，低声说：

“不对，我觉得罗杰斯太太并不是那么心安理得。”

布洛尔对别人打断自己的话感到不快。他瞥了她一眼，似乎在说“真是多嘴”。

他继续说：

“那也有可能。但他们本来认为自己目前没有什么危险。然而，昨天晚上，那个不知名的疯子把他们干的丑事大白于天下。结果怎么样？那个女人被吓坏了。你们注意到了吗？她刚刚苏醒的时候，她丈夫在她身边有什么反应？他根本没表现出作为丈夫应有的关心！一丁点儿也没有！相反，他就像热锅上的蚂蚁，怕得要死，生怕她会说出些什么来。

“所以，请各位好好想一想！他们杀人后成功脱身，但是万一整件事不小心被抖出来，结果会怎么样？那个女人十有八九会认罪，因为她没有那个胆量抗过去。她就是一个……对她丈夫来说，她就是一个定时炸弹。这个男人的心理素质肯定没问题，就算在上帝面前撒谎，他也不会脸红。可是他无法控制这个女人。要是她被击垮了，他也自身难保！所以，他就在茶里下了药，让她把嘴巴永远闭上。”

阿姆斯特朗慢慢地说：

“她床边没有空杯子，我检查过了，什么也没有。”

布洛尔对这话嗤之以鼻：

“当然没有。她喝完茶，罗杰斯肯定第一时间就把杯子拿走，仔细洗干净了。”

一阵沉默。

麦克阿瑟将军表示怀疑：

“也许是这样。但是我很难相信，一个男人竟然会对自己妻子做出这种事！”

布洛尔嘿嘿一笑，说：

“要是一个男人连自己的命都要保不住了，哪儿还顾得上什么夫妻之情。”

又是一阵尴尬。没有人讲话。门开了。罗杰斯走了进来。

他一边说，一边扫视每一个人，说：

“各位还需要吃些什么吗？面包准备得少了点儿，真是抱歉，面包不够了，岸上的人还没有把新面包送来。”

瓦格雷夫法官先生挪了一下身子，他问道：

“船一般什么时候来？”

“七点到八点之间，先生。有时候八点过几分。不知道弗雷德·纳拉科特今天早上干什么去了。如果他生病，他也会派别的兄弟来。”

菲利普·隆巴德问：

“现在几点了？”

“十点差十分，先生。”

隆巴德挑了挑眉毛，慢慢点着头。

罗杰斯等待着。

过了一两分钟，麦克阿瑟将军突然说：

“关于你太太的事，我很遗憾。医生刚才告诉了我们这件事。”

罗杰斯低下了头。

“谢谢你，先生。”

他拿起装咸肉的空盘子，走出去了。

又是一阵沉默。

3

菲利普·隆巴德站在外面的露台上说：

“这只摩托艇——”

布洛尔看着他，然后点点头，说：

“我知道你在想什么，隆巴德。我也在问自己同样的问题：船应该在两个小时之前就到了。但它没到，对吧？这是为什么？”

“你想到答案了吗？”隆巴德问。

“我觉得，这一点儿也不奇怪。这是一场戏，和整件事都是联系在一起的。”

隆巴德说：

"那么，你觉得船不会来了？"

忽然，他们两人身后响起了一个声音：

"船不会来了。"

布洛尔微微转过宽厚的肩膀，若有所思地看着说话的人。

"你也这样想吗，将军？"

麦克阿瑟将军显得很不耐烦，大声说：

"船当然不会来了。我们都盼望着船把我们从岛上带走。可这座岛才是主角。也就是说，我们谁都离不开这座小岛了，谁也别想离开——这就是结局，这就是我们的终点。"

他犹豫着，过了一会儿，用一种低沉、神秘的声音说：

"这就是平静——真正的平静。万物归隐，不再继续躲藏……对，这就是平静。"

他猛然转身离去。沿着露台走下斜坡，踉踉跄跄地向海的方向走去，一直走到岛的尽头。在那里，稀疏的礁石一直伸进大海。

他步履蹒跚，像是在梦游。

布洛尔说：

"又一个心怀鬼胎的人！看来，最后这些人都会被搞成这副德行！"

隆巴德说：

"我不相信你也会变成这样，布洛尔！"

布洛尔笑了起来。

“要让我魂不守舍，可没那么容易。”他接着又说，“我觉得你肯定也不会这样，隆巴德先生。”

隆巴德说：

“借你吉言。我觉得自己现在好得很。”

4

阿姆斯特朗医生走到露台上，停住脚，迟疑了一会儿。布洛尔和隆巴德站在他左边，瓦格雷夫站在右边，正低着头踱来踱去。

阿姆斯特朗想了想，便向瓦格雷夫走去。

就在这时，罗杰斯急匆匆地从屋里走了出来。

“我能和你说句话吗，先生？”

阿姆斯特朗转过身去。

眼前这人的模样让他大吃一惊。

罗杰斯脸色灰白，嘴角抽搐，双手发抖。

和几分钟前那副镇定克制的神态相比，此刻的他好像变了一个人。阿姆斯特朗不由得大吃一惊。

“先生，请你到屋里来，听我说句话。”

阿姆斯特朗和失魂落魄的管家一起走回别墅。

他说：

“你镇定些！怎么了？”

“请到这边来，先生，这边。”

他打开餐厅的门。阿姆斯特朗走进去，罗杰斯紧随其后进去，随手拉上门。

“好吧，”阿姆斯特朗问道，“到底发生了什么事？”

罗杰斯喉咙发颤。他拼命咽着口水，一字一顿地说：

“这儿有个问题，先生，我实在搞不明白。”

阿姆斯特朗紧张地问：

“问题？什么问题？”

“你也许觉得我疯了，先生。你可能会说这没什么。但是，我真的搞不明白，先生。总得有人解释一下啊，这件事太奇怪了！”

“行了，你快告诉我到底有什么问题？别再说些没用的。”

罗杰斯又咽了咽口水，说：

“是那些小瓷人，先生。摆在桌子正中的那些小瓷人，一共有十个。本来应该是十个。我发誓，本来一共有十个。”

阿姆斯特朗说：

“是啊，是十个。昨天晚上吃饭的时候大家数过了。”

罗杰斯凑过来。

“问题就在这儿，先生。昨天晚上我收拾桌子的时候，只有九个了。我当时就注意到了，也觉得有点儿奇怪。但无非就是有点儿奇怪，没再多想。今天早晨我摆桌子的时候，没注意这些小瓷人，因为我心里乱成一团麻。可是现在，先生，我正要收拾桌子，如果不信的话，请你自己看看吧。小瓷人只有八个了，先生！只有八个！这是怎么回事？只有八个了……”

第七章

1

吃过早餐，布伦特叫上维拉和她一起去岛的最高处，看看船来了没有。维拉同意了。

海风清新，海面上泛起白色的浪花。既看不到出海的渔船，也没有摩托艇的踪影。

对岸的斯蒂克尔黑文小村此时也看不清楚，只能看到高处山坡的轮廓，那是一块突兀的红色岩石，与狭窄的海湾形成鲜明对比。

埃米莉·布伦特说：

“昨天开船送我们过来的人看起来就靠不住。今天上午都这么晚了他还不来，真是奇怪。”

维拉没说什么。她正在努力克制自己越来越惊慌不安的情绪。

她暗暗生气，对自己说：

“必须保持冷静。现在这副样子都不像我自己了，我不是总能把自己控制得很好吗？”

等了一会儿，她说：

“希望他会开船来接我们。我……我真想离开这儿。”

埃米莉·布伦特面无表情地说：

“我打赌没人不想离开这里。”

维拉说：

“这一切都太诡异了，乱成一团。”

上了年纪的埃米莉·布伦特突然自言自语道：

“我真后悔，怎么就轻易上了当。只要稍微动脑子想一下，就能发现那封信其实荒唐至极。可是，当时我竟然不假思索，深信不疑。”

维拉木然回应着：

“我也是。”

“我太想当然了。”埃米莉·布伦特说。

维拉战战兢兢地倒吸一口气，说：

“你真的认为——就像你刚才在餐厅里说的那样？”

“亲爱的，你把话说明白点儿，你想说什么？”

维拉低声说：

“你真的认为是罗杰斯和他太太杀害了那位老太太？”

埃米莉·布伦特若有所思地凝望着海的另一边。过了一会儿，她说：

“我个人认为一定是这样。你觉得呢？”

“我不知道。”

埃米莉·布伦特说：

“发生的一切都证明了我的想法。罗杰斯太太晕过去了，而她丈夫失手摔掉了咖啡盘，记得吗？还有他的解释，一听就是假的。我看啊，就是他们做的。”

维拉说：

“可是她的样子，看起来连自己的影子都害怕！我还从来没见过一个如此惊慌的女人。一定是有什么东西无时无刻不在折磨着她……”

布伦特小姐喃喃道：

“我还记得，我在上幼儿园时，墙上挂着《圣经》里的一句话‘罪恶终将受惩罚’。说得没错，罪恶终将受惩罚。”

维拉站了起来，说：

“那么，布伦特小姐……布伦特小姐，这么说——”

“怎么了，亲爱的？”

“其他人呢？其他人是怎么回事？”

“我不太明白你的意思。”

“针对其他人的控告……难道……难道也是真的？但是，要说罗杰斯夫妇的罪行是真的，那么——”她说不下去了，脑子太乱了，没办法说清楚。

布伦特紧锁的眉头舒展开来。

“啊，我明白你的意思了。比如说那位隆巴德先生，他承认自己留下二十一个人活活饿死。”

维拉说：

“他们只不过是土著——”

布伦特尖锐地指出：

“不管是黑人还是白人，都是我们的兄弟。”

维拉心想：

“我们的黑人兄弟，我们的黑人兄弟！天哪，我要放声大笑，我要疯了，我简直不知道自己是谁……”

埃米莉·布伦特沉思片刻，继续说：

“当然，有些指控完全是胡说八道，荒谬可笑。比如指责法官的那条，他只不过是例行公事，履行自己的职责而已。还有针对那个以前在苏格兰场供职的男人和针对我的指控，都是空穴来风。”

她停了一下，继续说：

“昨天晚上，当着一群男人的面，我没打算解释，有些话不方便说出口。”

“什么话不方便说出口？”

维拉听得入神，布伦特小姐从容地说：

“比阿特丽斯·泰勒是我的用人，但她是个不检点的姑娘，可惜我发觉得太晚了。我完全看走眼了，因为她的工作表现好极了，爱干净，又懂事，所以我很宠爱她。当然，这一切都是她装出来的。她是个放荡的女人。真叫人恶心！很长时间之后，我才发现她确实像别人所说的那样‘有麻烦了’。”她停了一下，皱起漂亮的鼻子，表现出不屑的样子，“她真是让我大吃一惊。她父母也都是规规矩矩的人，对她的家教很严格。有一点我还比较满意，至少她父母对此没有听之任之。”

维拉盯着布伦特小姐的眼睛，问：

“后来出了什么事？”

“我家里她自然是一分钟也待不下去了，我可不愿意让别人说我包庇不守妇道的人。”

维拉低声问：

“后来……她怎么了？”

布伦特说：

“那个被上帝抛弃的女人，居然还嫌自己的罪孽不够深，自寻短见了。”

维拉大惊失色，声音更加微弱。

“她自杀了？”

“对，跳河。”

维拉浑身发抖。

她呆呆地看着布伦特小姐平静的脸，说：

“你得知她自杀以后，心里是怎么想的？你后悔吗？谴责过自己吗？”

埃米莉·布伦特把身子摆正。

“我？我为什么要谴责自己？”

维拉说：

“如果她是因为你——你的铁石心肠——被逼自杀的话——”

埃米莉·布伦特恶狠狠地说：

“她自作自受，咎由自取，要是她老老实实，恪守妇道，这些事情压根儿也就不会发生了。”

她转过来面对维拉，眼神坦然，毫无愧疚，显得冷酷又自信。埃米莉·布伦特站在士兵岛的最高处，用道德这层盔甲将自己裹得严严实实。

刹那间，维拉觉得眼前这个小个子女人不是不可理喻，而是让她感到害怕！

2

阿姆斯特朗医生从餐厅出来，走回露台。

瓦格雷夫法官坐在一把椅子里，安逸地眺望着大海。隆巴德和布洛尔在左边抽烟，默不作声。

阿姆斯特朗迟疑了一会儿，目光落在瓦格雷夫法官身上。他心里的疑团需要找个人帮忙一起解开。法官的思维能力他是知道的，既逻辑清晰又反应迅速。但他还是犹豫要不要找瓦格雷夫搭话，毕竟他年事已高，而眼下，阿姆斯特朗需要的帮手应该是雷厉风行的年轻人。

他有了人选。

“隆巴德，借一步说话？”

隆巴德大吃一惊。

“好吧。”

于是，两人一起离开露台。他们走下斜坡，朝海边走去。走到没人能听到他们俩说话的地方，阿姆斯特朗开口道：

“我们应该做一下会诊。”

隆巴德皱着眉头说：

“朋友，我可不懂医术。”

“不，不，我是说把岛上的情况汇总分析一下。”

“啊，那倒是可以。”

阿姆斯特朗医生说：

“坦白说，你怎么看眼下的状况？”

隆巴德想了想才说：

“你话中另有玄机吧？”

“关于那个女人的事，你怎么看？你同意布洛尔的说法吗？”

菲利普抬头吐了口烟，说：

“她的事嘛，我觉得说得没错。”

“这样啊。”

阿姆斯特朗似乎松了一口气。隆巴德可不傻。

隆巴德继续说：

“假设罗杰斯夫妇很顺利地把布雷迪小姐谋杀了，其实，我觉得这本来也不是什么难办的事。你说说，你觉得他们具体是怎么下手的呢？是给那位老太太下了毒吗？”

阿姆斯特朗医生慢悠悠地说：

“也许比下毒还容易。今天早晨我问罗杰斯，问他知不知道那位布雷迪小姐得的是什么病。从他的话里听得出来，她得的并不是什么疑难杂症，是比较常见的心脏病，需要常备亚硝酸异戊酯，犯病的时候，就吸一支。假如她犯病的时候不及时用药，就可以轻轻松松地送她上天堂了。”

菲利普 · 隆巴德若有所思，说：

“原来就是这样简单，难怪他们动了邪念。”

阿姆斯特朗医生点了点头。

“是啊，他们不用主动去犯罪，也不用准备砒霜之类的毒药，什么都不用，只需要袖手旁观，就可以把她置于死地！而且罗杰斯当晚还连夜去请医生，他们相信这么做就不会惹人怀疑。”

“而且就算有人知道真相，也不能拿他们怎么样。”菲利普 · 隆巴德补充说。

他忽然皱起眉头。

“这么说来，情况就很清楚了。”

阿姆斯特朗没听懂这句话，问：

“你说什么？”

隆巴德说：

“我的意思是，终于搞清楚这些人来到士兵岛的原因。有些犯罪行为处于法律的灰色地带，罗杰斯夫妇就是一个例子。还有瓦格雷夫法官，他就是利用职权，在法律的框架内杀人。”

阿姆斯特朗急忙说：

“你相信他的事？”

菲利普·隆巴德笑了起来：

“没错，我相信。瓦格雷夫杀了爱德华·塞顿，毫无疑问，就像他用刀血淋淋地捅了塞顿一样。但是他聪明狡猾，身披法袍，手持法典，端坐在法庭之上，正是所谓的杀人不见血！因此，如果按照正常法律程序，能够给他定罪吗？”

突然，一个念头像闪电一样在阿姆斯特朗脑海里划过：

“在手术台上杀人，无异于借刀杀人。安全保险。没错，像在自己家里睡觉一样安全！”

菲利普·隆巴德继续说着：

“所以说，那个所谓的欧文先生——这座士兵岛！”

阿姆斯特朗深吸一口气。

“好吧，我们干脆现在把所有事都想通。把大家都骗到岛上的人，究竟打算做什么？”

菲利普·隆巴德说：

“你认为呢？”

阿姆斯特朗立刻说：

“我们不如将谈话拉回到那个女人身上。她为什么会死？有几种可能？是罗杰斯怕她露馅而杀了她？还是别有原因：她神志不清，自寻短见？”

菲利普·隆巴德说：

“自杀，嗯？”

“你觉得呢？”

隆巴德说：

“是有这种可能——对，如果在这之前马斯顿没有死的话，我们可以这样认为。不过，在不到十二个小时内有两个人相继自杀，实在让人难以接受。况且，如果你告诉我，说有个名叫安东尼·马斯顿的小伙子年轻富有，不知天高地厚，整天无忧无虑，仅仅因为开车撞死了两个孩子，就内疚地自杀抵命……这解释不通！听起来就滑稽！就算他真的是自杀，那么毒药又是从哪儿弄来的呢？据我所知，不会有人在旅行时把氰化钾随便塞进行李，这一点你比我更明白。”

阿姆斯特朗说：

“头脑正常的人怎么可能随身带着氰化钾？除非是打算用来清除花园里的马蜂窝。”

“那就是说，园丁或者花园的主人有可能随身带着氰化钾？安东尼·马斯顿显然不是这种人。我死活也想不通氰化物这个问题。所以说，若不是安东尼·马斯顿有备而来，打算在这里自杀，那就是——”

阿姆斯特朗追问道：

“要不就是？”

隆巴德咧开嘴一乐：

“你为什么非等我把话说出口？后半句话不就在你自己嘴边了吗？安东尼·马斯顿显然是被人谋杀了。”

3

阿姆斯特朗医生深吸了一口气。

“那么罗杰斯太太的死是怎么回事？”

隆巴德慢慢分析道：

“假如没有发生罗杰斯太太这件事，尽管有很多疑点，我也可能相信安东尼是自杀的。反言之，假如没有发生安东尼·马斯顿这件事，我完全会相信罗杰斯太太是自杀的。假如安东尼的死亡不是这样蹊跷，我没准儿会相信是罗杰斯杀死了自己的妻子。但现在接连发生了两起死亡事件，那就需要找出其中的联系。”

阿姆斯特朗说：

“我也许能帮你搞清楚这个问题。”

于是，他把罗杰斯告诉他的两个小士兵玩偶失踪的事重复了一遍。

隆巴德说：

“对了，小士兵……昨天晚上吃饭的时候肯定有十个。现在只有八个了？”

阿姆斯特朗医生背诵起来：

“十个小士兵，出门打牙祭；

不幸噎住喉，十个只剩九。

九个小士兵，秉烛到夜半；

清早叫不答，九个只剩八。”

两个人交换了一个眼神，菲利普·隆巴德露齿一笑，扔掉手里的烟头。

“再也没有比这更巧的事了！见鬼！昨天吃完了晚饭，安东尼·马斯顿呛死——或者说是噎死了，而罗杰斯太太的确是睡着以后，再也叫不醒了。”

“所以呢？”阿姆斯特朗说。

隆巴德紧接着说：

“所以还会有下一个小士兵消失！欧文先生！尤·纳·欧文。一个神出鬼没的狂徒！”

“啊！”阿姆斯特朗吸了一口气，放松下来。他说：

“你也这么想。然而，还有一个问题：罗杰斯发誓说，岛上除了我们、他本人以及他妻子以外，再没有别人了。”

“罗杰斯说错了！而且，罗杰斯可能在撒谎！”

阿姆斯特朗摇摇头。

“我认为他没有撒谎。他害怕得要死！简直要被吓疯了。”

菲利普·隆巴德点点头。

“今天上午不会有船来接我们回去了。这一点也不难想通，一定又是欧文先生的精心安排。士兵岛想必会一直与世隔绝，直到欧文先生把所有恩怨了结为止。”

阿姆斯特朗面无血色，说：

“你觉得这个人是杀人狂？”

隆巴德忽然换了一种口气：

“不过有一点，这个欧文先生肯定没有料到。”

“什么？”

“说到底，这座岛无非是一块光秃秃的礁石。我们迅速行动，彻底把这座岛搜查一遍，马上就可以把尤·纳·欧文先生找出来。”

阿姆斯特朗医生警告他说：

“他可是个危险人物！”

隆巴德大笑起来：

“危险人物？我会害怕大灰狼吗？要是让我抓住他，我就是他眼中的危险人物！”

他顿了顿，说：

“我们最好让布洛尔也参与行动，关键时刻他能帮上忙。这件事最好不要让女人知道。至于其他人，将军太老了，瓦格雷夫也指望不上。就我们三人行动吧。”

第八章

1

他们与布洛尔一拍即合，布洛尔立刻对他们的计划表示同意。

“既然你们提到了小士兵玩偶的事，就说明问题绝对不简单，先生们。没错，这太邪门了！不过还有一个问题。关于目前为止发生的一切，你们是不是认为这个欧文的作案手法是在幕后操纵，暗中掌控一切？”

“把话说清楚点儿，老兄。”

“听着，我的意思是这样：尤·纳·欧文昨天晚上略施小计，马斯顿先生就中了圈套，服毒自尽了；罗杰斯也被吓得魂飞魄散，杀妻灭口。”

阿姆斯特朗摇着脑袋，特意说明了一下氰化物的问题。布洛尔对这一点也表示同意。

“说实话，我把这一点给忽略了，随身带着毒药的人确实不多见。可氰化物怎么跑到他的酒里去了呢，先生？”

隆巴德说：

“我一直在琢磨这个问题。昨晚，马斯顿喝了不止一杯。他喝最后一杯的时间与之前几杯隔了一会儿，而他那只杯子就一直搁在桌上或者其他什么地方。我想想——记不清了，好像是放在靠窗户的那张桌子上。窗户是敞着的，也许有人在酒杯里偷偷加了氰化物。”

布洛尔不太相信，他说：

“那个人能躲过我们所有人的眼睛？”

隆巴德冷冷地说：

“我们当时都没注意。”

阿姆斯特朗慢条斯理地说：

“有道理。我们当时都被控告声唬住了，在屋子里吵吵嚷嚷，光顾着说自己的事，谁也没注意。我看有这个可能。”

布洛尔耸了耸肩膀。

“很明显，凶手一定是这样干的！闲话少说，各位，我们行动吧！有谁正好带着枪吗？说不定会派上用场。”

隆巴德说：

“我带了一支。”他拍了拍口袋。

布洛尔的眼睛瞪大了，他用故作轻松的口吻说：

“你随身带着这玩意儿吗？”

隆巴德说：

“随身带着。你们也知道，我经常要去那些鸟不拉屎的倒霉地方。”

“明白了，”布洛尔又说，“不过，你从来没去过比这座岛更倒霉的地方吧？要是这岛上真藏着一个杀人狂，他完全有可能全副武装。”

阿姆斯特朗咳嗽起来。

“这一点你说得不一定对，布洛尔。杀人狂可不一定都是面目可憎、全副武装的样子。大部分杀人狂看起来安静斯文，随和极了。”

布洛尔说：

“我觉得岛上这位可不是你说的那一种，阿姆斯特朗医生。”

2

三个人在岛上展开了搜查行动。

结果，没想到小岛上这么容易就搜完了。岛的西北角，也就是面朝大陆的一侧，是直垂入海的悬崖，光秃无一物。

岛上其他地方连一棵树都没有，也很少有其他植物。他们三个人有条不紊地进行地毯式搜查，把士兵岛从山顶到海边，上上下下翻了个遍。任何一条形状怪异的岩石缝、任何一处有可能通向岩洞深处的旮旯，他们都没放过。然而一无所获，没发现一个可疑的岩洞。

他们绕着海边走，最后来到了麦克阿瑟将军独坐远眺的地方。此处只有层层叠叠的海浪拍打着礁石，溅起一片片浪花，看上去安宁惬意。将军挺直腰板，坐在椅子上，一直目不转睛地望着海平线。

他全然没有注意这几个搜查小岛的人。这种超然的态度让布洛尔感到有些奇怪。

布洛尔心里想：

“他有些不对劲儿，看上去好像着了魔。”

他清了清喉咙，凑上前打算和麦克阿瑟将军好好聊一聊，说道：

“你可真会给自己找个安逸的好地方啊，将军。”

麦克阿瑟将军皱起眉头，回头看了他们一眼说：

“没多少时间了——没时间了。你们千万别打扰我。”

布洛尔客客气气地说：

“不会打扰你的。我们在岛上转了一圈，主要是担心也许有人正躲在岛上的某个地方。”

麦克阿瑟将军皱着眉头说：

“你们不懂……你们根本就不懂。你们快走吧。”

布洛尔走开了。他走到另外两人身边，说：

“他简直有毛病，根本没法交流。”

隆巴德好奇地问：

“他说什么了？”

布洛尔耸了耸肩膀，说：

“他说没时间了，让别人不要打扰他。”

阿姆斯特朗医生皱起眉头，自言自语道：

“真奇怪……”

3

搜岛行动很快便结束了。三个人站在小岛最高处望着远处的大陆。海面上没有一艘船，海风吹来，裹挟着新鲜的海水气味。

隆巴德说：

“没有船出海，说明风暴要来了。这里也望不见村子，不然还可以发个信号。”

布洛尔说：

“今天晚上我们点上篝火试一试。”

隆巴德皱着眉头说：

“怕就怕这些也许都是预先安排好的。”

“怎么安排的，先生？”

“我怎么知道？也许别人以为这是在开玩笑。把我们骗上岛的人没准儿已经和岸上的人说好了，无论我们发什么信号也不用插手，说我们其实是在打赌之类的。编瞎话还不容易吗？”

布洛尔半信半疑地说：

“村子里的人会信吗？”

隆巴德冷冷地说：

“哼，假话往往比真话更有说服力！要是有人对村里的人说，别管这座岛上的事，一个叫欧文的先生会把他的客人神不知鬼不觉地全部灭口——你认为会有人相信吗？”

阿姆斯特朗医生说：

“其实连我自己都无法相信，而现在——”

菲利普·隆巴德咬牙切齿地说：

“而现在——这就是从你嘴里说出来的话！”

布洛尔低头盯着水面说：

“我想应该不会有人藏到海里去了吧？”

阿姆斯特朗摇摇头。

“我看不会。再说岸边这么陡峭，哪儿藏得住人啊？”

布洛尔说：

“也许悬崖壁上有洞穴。如果现在有条船，我们就能划船围着岛检查一圈。”

“如果有船，我们已经在回去的路上了。”

“说得对，先生。”

隆巴德突然说：

“我们可以把这座岛上所有地方都搜个遍，悬崖这里只有一个地方可以藏身，就在右下方那里。你们谁能找根绳子来，我顺着绳子下去看一看。”

布洛尔说：

“有必要去探一探，虽然听起来似乎挺荒唐的。我去看看能不能找到根绳子。”

他直接奔回房子里。

隆巴德望了望天，大块大块的乌云正在聚集，海风愈刮愈烈。

他侧目看了阿姆斯特朗一眼，说：

“你倒是很镇定，医生，你在想些什么呢？”

阿姆斯特朗幽幽地说：

“我正在想，老麦克阿瑟究竟能有多疯狂……”

4

维拉整个上午都无法安心，她躲着埃米莉·布伦特。她讨厌布伦特，那让她感到恐惧。

而布伦特小姐则端了把椅子放在房子的角落里，避开风口，坐在那里织着什么东西。

维拉只要一想到她，就仿佛看到一张溺水而亡的灰白色死人脸，头发上还缠挂着海草。这张脸曾经很美，美得不可方物。可如今，无论是怜悯或是恐吓都对这张脸不起作用了。

埃米莉·布伦特一如既往地平静，一本正经地坐在那里织毛衣。

露台上，瓦格雷夫法官蜷缩在一把门卫用的椅子里，脑袋几乎缩进了脖子里。

维拉看着他，就仿佛看到了站在被告席上的爱德华·塞顿。他有一双蓝眼睛，好看的头发和一张困惑惊恐的脸。想象之中，她似乎看到法官用苍老的双手戴上法官帽，开始宣读判决。

过了一会儿，维拉缓缓地向海边走去。她沿着海边一直走到了小岛尽头，只见一个老人正坐在那里，呆呆地望着天边。

麦克阿瑟将军见她走近，挪动了一下身子，他扭过头来，脸上露出既疑惑又惶恐的复杂神情。维拉吓了一跳。将军久久地盯着她。

她心里想：他真奇怪，仿佛已经知道了……

他说：

“啊！原来是你！你来了……”

维拉在他身边坐下，说：

“你喜欢坐在这儿看海，对吗？”

他礼貌地点点头。

“是啊，”他说，“这里让人舒心。我想，这真是一个等待的好地方。”

“等待？”维拉立刻说，“你在等什么？”

他仍旧彬彬有礼地说：

“末日。我以为你早就知道了。难道不是吗？我们都在等待自己的末日。”

维拉颤抖着说：

“这话是什么意思？”

麦克阿瑟将军严肃地说：

“我们之中没人能够活着离开这座岛。这是命运的安排。当然，其实你心里完全清楚，但也许你还不明白这是一种解脱。”

维拉还是没听懂：

“解脱？”

他说：

“是的。当然，你还太年轻，没想过这个问题。不过，命运已经落在每个人头上！解脱的那一瞬间你就会明白，从此以后再也没有负担。有一天你会感受到的——”

维拉声音沙哑地说：

“我不知道你在说什么。”

她感到手指在发抖。突然，她害怕起这个彬彬有礼的老将军了。

他微笑着说：

“告诉你吧，我是爱莱斯利的。我非常爱她——”

维拉问：

“莱斯利是你太太吗？”

“是的，她是我妻子……我爱她——拥有她这样一位妻子，我感到无比自豪，她是那么美，那么开朗。”

片刻沉静后，他接着说：

“是的，我爱莱斯利，正是因为我爱她，我才那样做。”

维拉说：

“你是说——”她停住了。

麦克阿瑟将军平静地点点头，说：

“事到如今，不承认也没有用了，一切都要结束了。我是故意把里奇蒙送上了死路。我想，这大概也算是谋杀。谋杀，听起来多可笑，像我这样守法的人，说什么也不会和谋杀联系在一起。我不后悔。‘他罪有应得！’事后我这样想。可后来——”

维拉的声音变了，她问道：

“后来？”

他摇了摇脑袋，看上去失魂落魄。

“我不知道。我……不知道。后来一切都变了，我不知道莱斯利是不是发现了……应该没有吧。可是，你知道吗，从此以后我再也无法走进她的心，我们渐行渐远。再后来，她就去世了，只剩下我一个人——”

维拉说：

“一个人……一个人……”回音在岩石间回荡。

麦克阿瑟将军说：

“末日来临时，你也会感到欣慰。”

维拉站起来，尖声说：

“我不明白你的意思。”

麦克阿瑟将军说：

“我明白，我的孩子，我明白——”

“你不明白，你什么也不明白。”

麦克阿瑟将军转过头看着大海，似乎不知道她就在他身后。

他声音轻柔地说：

“莱斯利……”

5

布洛尔把绳子缠在胳膊上，从房子那边回来，正看见阿姆斯特朗盯着水面往下张望。

布洛尔上气不接下气地问：

“隆巴德去哪儿了？”

阿姆斯特朗漫不经心地回答：

“他去证实自己的设想之类的，一会儿就回来。布洛尔，我很担心。”

“要我说，我们大家都在担心。”

阿姆斯特朗不耐烦地摆摆手：

“不，我不是这个意思，我是在琢磨老麦克阿瑟。”

“他怎么了？”

阿姆斯特朗冷冰冰地说：

“我们要找的是一个疯狂的人。你说有可能是麦克阿瑟吗？”

布洛尔不敢相信自己的耳朵。他说：

“你的意思是说，他是个杀人狂？”

阿姆斯特朗怀疑地说：

“我本不该乱猜，至少现在不该这样说他。当然，我并不善于治疗精神病，也没有跟他深聊过。我的意思是，从来没有从医学角度研究过他。”

布洛尔怀疑地说：

“如果你说他是个老糊涂，我同意。但我不认为——”

阿姆斯特朗打断了他，极力想让自己再次冷静下来。

“你说得可能没错。见鬼，一定有人躲在这个岛上。隆巴德回来了。”

他们把绳子仔细拴牢。

隆巴德说：

“我会非常小心，如果绳子突然抽紧，你们就要留神拽住。”

阿姆斯特朗和布洛尔站在那儿看着隆巴德爬下去。过了一会儿，布洛尔说：

“你看，他的动作像只猫，是不是？”

他的语气有些不对劲儿。

阿姆斯特朗医生回答说：

“我觉得他以前肯定有很多爬山的经验。”

“有可能。”

两个人沉默不语。过了一会儿，布洛尔说：

“总之，这个家伙不是一般人。你明白我的意思吗？”

“什么？”

“他不是一般人。”

阿姆斯特朗疑惑地问：

"此话怎讲？"

布洛尔迟疑片刻，随后说：

"我不知道具体怎么形容，但我绝对不会信任他。"

阿姆斯特朗医生说：

"我看他是个冒险家。"

布洛尔说：

"要说他是冒险家的话，我敢打赌，准保是冒一些见不得人的风险。"他停了停，又继续说下去，"你是不是正好也带着把枪，医生？"

阿姆斯特朗瞪起眼说：

"我？天哪，我可没有！我为什么要带枪？"

布洛尔说：

"隆巴德为什么要带枪？"

阿姆斯特朗犹疑地说：

"我想……他是习惯了吧。"

布洛尔的鼻子哼了一声。

绳子忽然绷紧，他们俩双手使劲儿攥着绳子，过了一会儿，绳子又松了。

布洛尔接着说：

"人们总拿习惯来说事。要是隆巴德去鸟不拉屎的地方，带把枪无可厚非，哪怕他带上汽油炉，睡袋和臭虫粉之类的东西，也无可非议。但是，他今天到这儿来也带上这件装备，就算是用'习惯'二字也解释不通吧？只有在小说里，人们才会把带着手枪到处跑当成习惯。”

阿姆斯特朗摇摇头，看上去很困惑。他和布洛尔靠在一起，留意着隆巴德的动作。

隆巴德的搜查很彻底。不过他们很快就发现，这么做不过是白费力气。过了一会儿，隆巴德爬到崖壁顶，伸手抹着额头上的汗水。

“好吧，”他说，“什么都没发现，这儿除了房子，就是悬崖峭壁。”

6

别墅很容易搜查。他们先把几间配套的房子搜查了一遍，然后把注意力转到了主楼。他们从厨房食品柜里翻出罗杰斯太太用过的尺子，这可派了大用场。所有的犄角旮旯都被他们地毯式搜查了一番。这幢新式建筑本来也不存在什么暗门或者空墙，室内完全是宽阔的敞开式设计。他们从楼下开始搜，一直搜到楼上的卧室。上楼时，他们从窗户里看见罗杰斯端着一盘鸡尾酒，向外面的露台走去。

菲利普·隆巴德低声说：

“这个家伙可真了不起，居然能不动声色地照常工作。”

阿姆斯特朗的语气颇为赞赏，他说：

“我必须承认，罗杰斯确实是一流的管家。”

布洛尔说：

“他太太也是位一流的厨师。昨天晚上那顿饭——”

他们走进第一间卧室。

五分钟以后，他们又回到楼道口。没人藏在里面，房间里也没有可以藏人的地方。

布洛尔说：

“这里有楼梯。”

阿姆斯特朗医生说：

“那通向下面的用人房。”

布洛尔说：

“屋子的顶棚底下一定有个地方容纳水槽、蓄水池之类的设施，这种地方最容易藏身，而且也只有这个地方了。”

就在他们站着讨论的时候，听见头顶上有声音，轻轻的、偷偷摸摸的脚步声！

三个人全都注意到了这个声音。阿姆斯特朗一把抓住布洛尔的胳膊，隆巴德伸出一根手指，让他们两人别出声，轻声说：

“安静——听。”

又出现了——有人在他们头顶正上方轻轻地、鬼鬼祟祟地走动。

阿姆斯特朗悄声说：

“这个声音应该是来自卧室，就是停放罗杰斯太太尸体的房间。”

布洛尔也小声回应道：

“没错！那个房间是最好的藏身之处！谁也不会去那儿。现在……尽量别出声。”

他们蹑手蹑脚地走上楼梯。

走到那间卧室门外的楼道，三个人停下脚步。没错，有人在房间里。透过门缝传出轻微的吱呀声。

布洛尔轻声下令：

“动手。”

他一把推开门冲进去，其他二人紧随其后。

接下来，他们三个人全都愣住了。

只见罗杰斯站在房间里，怀里抱着满满的衣服。

7

布洛尔首先回过神来。他说：

“不好意思，呃——罗杰斯。刚才我们听到有人在这里走动的声音，以为……那个……有人……”

他说不下去了。

罗杰斯说：

“很抱歉，先生们。我刚刚在整理自己的东西。我打算搬到楼下去住。我选了最小的那间空房，不知道这样做合不合适。”

他是对阿姆斯特朗说的，阿姆斯特朗回答说：

“当然，没问题。你换吧。”

他的目光尽量避开床上盖着床单的尸体。

罗杰斯说：

“谢谢，先生。”

他双手抱着衣物走出房间，顺着楼梯走向楼下。

阿姆斯特朗走到床边，揭开床单，俯视已经死去的罗杰斯太太。她脸上不再有恐惧的神情，只剩下空虚和茫然。

阿姆斯特朗说：

“如果我把医学装备带来就好了，我真想搞清楚她吃下去的究竟是什么东西。”

他转过身，对另外两个人说：

“我们收手吧。我有预感，绝对找不出任何东西了。”

布洛尔使劲儿扳着墙脚边管道口的阀门。

他说：

“罗杰斯真是行踪诡秘，刚才我们还看见他在花园里，谁也没听见他上楼的声音。”

隆巴德说：

“所以我们才会以为有其他人在这间屋子里走动呢。”

打开阀门以后，布洛尔钻进黑漆漆的管道入口。隆巴德从口袋里掏出一支手电，也钻了进去。

过了五分钟，他们站在顶层的楼道口。三个人灰头土脸，面面相觑，浑身挂满了蜘蛛网。

这座岛上只剩下他们八个人，没有其他人。

第九章

1

隆巴德缓缓说道：

“看来，我们错了，从一开始就错了。这场迷信和臆想酿成的噩梦，源头只是两起凑巧发生的死亡事件！”

阿姆斯特朗认真地说：

“我们的推断是有凭据的。我是个医生，知道自杀是怎么回事。安东尼·马斯顿根本就不是会自杀的人。”

隆巴德半信半疑地问：

“可这会不会是个意外？”

布洛尔哼了一声。他根本就不相信什么意外。

“怎么可能发生这种见鬼的意外。”他嘟囔着。

对话陷入僵局。布洛尔又说：

“那个女人的死——”他又停住了。

“罗杰斯太太？”

“是啊。可能是意外吧？”

隆巴德说：

“意外？什么意外？”

布洛尔看上去有些尴尬，砖红色的脸更红了。他脱口而出：

“听着，医生，她是吃了你给的药。”

医生瞪着他问：

“我给的药？你是什么意思？”

“昨天晚上，你亲口说你得给她几片药，好让她能睡觉。”

“哦，你说这个。我给她的是完全无害的镇静剂。”

“你倒是说说，你给她的是什么药？”

“我给她的是药性缓和的曲砜那，绝对没有任何副作用。”

布洛尔的脸涨得更红了，他说：

“听我说，我不想跟你兜圈子，我是说……你给她的药超量了吧？”

阿姆斯特朗医生怒气冲冲地嚷道：

“你到底是什么意思？”

布洛尔说：

“这也是有可能的事，对吧？万一是你犯了错呢？这种事也不是没发生过。”

阿姆斯特朗急忙说：

“根本就没这回事，你的说法太荒谬了。”他停了一下，话中带刺冷冷地说，“要不然，你就是想说我是故意给她过量的药？”

隆巴德急忙插话说：

“我说你们俩都冷静点儿，别你一句我一句的。”

布洛尔阴沉着脸说：

“我只不过是说，医生也有可能误诊。”

阿姆斯特朗医生勉强挤出个笑容，但怒气依然没消。

“当医生的可经不起出这样的错，我的朋友。”

布洛尔故意说：

“要是那个控诉说得没错的话……你也不是第一次犯错了。”

阿姆斯特朗顿时脸色大变。隆巴德又急忙过来打圆场，满不高兴地对布洛尔说：

“你这样咄咄逼人干什么？我们现在有难同当，要团结一致。如果这么说的话，那你自己血口喷人作假证的丑闻又是怎么回事？”

布洛尔向前跨了一步，双手紧紧地攥成拳头。嗓音明显变粗了，说：

“去他妈的作假证！胡说八道！有本事你叫人把我抓起来啊？隆巴德先生，我倒是有些事情想不明白，其中有一件就是关于你的！”

隆巴德皱着眉问：

“关于我？”

“关于你！我想知道，像这种轻松平常的做客，你为什么要带着手枪来？”

隆巴德反问道：

“你想知道？是吗？”

“是的，我想知道。”

出人意料的是，隆巴德说：

“看来你没有表面看上去这么傻。”

“我可能真的很傻。你为什么带着枪？”

隆巴德微微一笑：

“因为我早就料到这个地方会有麻烦，才一直把枪带在身边。”

布洛尔疑惑地说：

“昨天晚上你并没有对大家坦白。”

隆巴德摇摇头。

“你是故意瞒着我们？”布洛尔紧追不舍。

“从某个角度来说，的确是这样。”隆巴德说。

“得了吧，我看你还是都说出来吧！”

隆巴德慢慢讲道：

“我让你们以为我和你们一样，都是受邀而来，事实并非完全如此。其实是一个名叫莫里斯的犹太人找到我，给我一百个金币，号称久闻我大名，知道我善于解决棘手之事，特意让我到这里来一趟。”

“然后呢？”布洛尔不耐烦地追问。

隆巴德却嘻嘻一笑：

“没有然后了。”

阿姆斯特朗医生说：

“可是他对你说的肯定不止这些。”

“不，他说的只有这些，然后他就多一句都不肯透露了。他的原话是：‘这件事你干还是不干？’我当时正好手头有点儿紧，就答应了。”

布洛尔对他的说辞显然不买账，他问：

“这些事情，你昨天晚上为什么没说？”

“我亲爱的朋友，”隆巴德夸张地耸着肩膀，表现出一副无奈的模样，“我怎么知道昨天晚上发生的事是否正是我要对付的棘手问题呢？我当然要低调行事，所以就说了个无关紧要的故事。”

阿姆斯特朗认真地说：

“但是现在你不这样想了吧？”

隆巴德脸色一沉，气呼呼地说：

“可不是吗？我算是明白了，我们是绑在同一条船上了。那一百个金币就是欧文先生引诱我跟你们一起上钩的诱饵。”

他慢慢地说：

“我们都在陷阱里，我发誓一定是这样！罗杰斯太太的死，安东尼·马斯顿的死，餐桌上的士兵玩偶不知去向！没错，没错，欧文的影子无处不在！可是他本人究竟在哪儿？”

此时，从楼下传来煞有介事的午餐钟声。

2

罗杰斯站在餐厅门口。当三个人走下楼梯时，他走上前着急地低声说：

“希望午餐能让大家满意。我给大家准备了冷火腿、冷牛舌，还煮了土豆。别的就只有干奶酪、饼干和罐头水果了。”

隆巴德说：

“听起来差不多了。岛上的食物快被我们吃光了吧？”

“食物有的是，先生。岛上储存了各种各样的罐头。可以说，即使这座岛与陆地隔绝了，也足够维持一阵子。”

隆巴德点点头。

罗杰斯跟着他们三个走进餐厅，一边走，一边低着头小声嘟囔：

“弗雷德今天没来，确实让我很担心。正如你们所说，我们真是倒霉透顶。”

“说得好啊，”隆巴德说，“的确是倒霉透了。”

布伦特小姐走进餐厅。她刚才失手弄散了一团毛线，正一边走一边绕毛线。

她在餐桌旁自己的位子上坐下，说：

“变天了，风刮得挺大，海浪像奔腾的白马。”

瓦格雷夫法官也不慌不忙地走进来。他的眼珠在浓密的眉毛底下骨碌碌地转，飞快地扫视了一遍餐厅里的每一个人，然后说：

“你们上午都挺忙的嘛！”

从他的话中似乎能听出幸灾乐祸的意味。

维拉匆忙地从屋外跑进来，呼吸有些急促。

她慌慌张张地问：

“我是不是来晚了？希望我没让大家久等。”

埃米莉·布伦特说：

“你不是最后一个。麦克阿瑟将军还没有来呢。”

大家在餐桌旁坐下。

罗杰斯对布伦特小姐说：

“是现在用餐，还是再等一等？”

维拉说：

“麦克阿瑟将军正在海边坐着。我看他在那儿肯定也听不见钟声。”她稍稍迟疑了一下，补充道，“我发现他今天精神状态不太好。”

罗杰斯接着说：

“我下去看看，告诉他午饭已经准备好了。”

阿姆斯特朗医生噌地站起来，说：

“我去吧，”他说，“你们吃饭吧。”

他走出屋子。罗杰斯的声音在他身后响起：

“女士，你是要冷火腿还是冷牛舌？”

3

五个人围坐在餐桌边，似乎找不到任何话题。屋外，一阵狂风袭来。

维拉打了一个寒战，说：

“风暴要来了。”

布洛尔没话找话地说：

“昨天我搭乘的那趟从普利茅斯出发的列车上，有个老家伙啰啰唆唆地说风暴要来了，真不知道这些老水手是怎么学会看天气的。”

罗杰斯绕着餐桌依次收拾餐具。

突然，他手里拿着盘子，僵在原地，声音极其惊恐地说：

“有人在狂奔——”

他们都听到了。屋外有狂奔的脚步声。

一瞬间，不用别人说，他们就全都明白了……

他们不约而同地全都站起来，向门口望去。

阿姆斯特朗跑进来，上气不接下气地说：

“麦克阿瑟将军——”

“死了！”维拉脱口而出。

阿姆斯特朗说：

“是的，他死了。”

屋内一片死寂，久久没有人出声。

七个人你看我，我看你，谁也不知道该说什么。

4

麦克阿瑟的遗体刚刚被抬进屋门，屋外就下起了暴风雨。

客厅里的人直愣愣地站着。

瓢泼大雨倾泻如注，呼啸声此起彼伏。

布洛尔和阿姆斯特朗抬着尸体走上楼。维拉猛然转身，走进了空无一人的餐厅。

餐厅一如他们刚才离开时的样子，甜点还一口未动地摆在食架上。

维拉在桌子旁边驻足，呆呆地站了一两分钟。然后，罗杰斯轻轻地走了进来。

罗杰斯看到维拉也大吃一惊。他抬起迷茫的双眼，对维拉说：

“哦，小姐，我……我是进来看看——”

维拉用连自己都感到吃惊的粗嗓门喊道：

“你说得没错，罗杰斯，你自己看看吧，只剩七个小瓷人了……”

5

他们把麦克阿瑟将军抬到他的床上。

阿姆斯特朗最后又检查了一遍才离开，走下楼。大家都聚集在客厅里。

布伦特小姐还在缠毛线。维拉站在窗口望着哗哗作响的大雨。布洛尔正襟危坐，双手撑着膝盖。隆巴德在屋子里走来走去。瓦格雷夫法官坐在客厅另一头，半闭双目地靠在一把安乐椅里。

阿姆斯特朗医生走进客厅的时候，法官忽然睁开眼睛，声音清晰洪亮地问道：

“怎么样，医生？”

阿姆斯特朗脸色无比苍白，说：

“麦克阿瑟并不是心脏病发作或者类似的毛病，他的后脑遭到了救生圈或类似钝器的击打。”

一石激起千层浪。法官又一次用洪亮的声音说：

“你找到凶器了吗？”

“没有。”

“你确定自己的判断没错吗？”

“我非常确定。”

于是，瓦格雷夫法官平静地说：

“现在，我们的处境一清二楚了。”

谁在主持当前的局势，已毋庸置疑。瓦格雷夫整个上午都蜷缩在露台上的那把椅子里，克制着自己不参与任何公开行动。现在，他又摆出惯有的发号施令的气派，毫不含糊地主持起法庭审问来。

他清清嗓子，说：

“今天早晨我坐在露台上，先生们，我观察着你们的一举一动。你们的意图很明显，想通过搜遍整个士兵岛，来找出一个藏在暗处的凶手。”

“完全正确，先生。”菲利普·隆巴德说。

瓦格雷夫法官接着说：

“想必你们得出的结论和我的一样。安东尼·马斯顿和罗杰斯太太的死亡既不是自杀，也不是巧合。毫无疑问，大家对于这个叫欧文的人把大家骗到这座岛上来的目的，肯定也有了自己的结论。”

布洛尔愤怒地说：

“他是精神病！疯子！”

法官咳了一声，说：

“这一点毫无疑问，但它并不能解决任何问题。我们最该关心的问题是，如何自救。”

阿姆斯特朗声音发颤，说：

“岛上多一个人也没有了，我告诉你，多一个人都没有！”

瓦格雷夫法官摸摸下巴，冷静地说：

“对你来说，的确是没有别人了。今天一早，我就得出这个结论了。我其实可以早点儿告诉你们，免得你们白费力气搜遍整座小岛。我有一种强烈的预感：欧文先生——暂且按照他自己取的名字称呼他吧——一定就在这座岛上。若想把逍遥法外的人一个不落地处决的话，他只能通过一种办法才能做到。没错，也就是通过把大家骗到这座孤岛上，然后达成目的。这么说来，问题也就很清楚了，欧文先生就在我们当中……”

6

“哦不，不，不——”

这是维拉。她第一个忍受不了，呜咽起来。

法官敏锐的目光转向她。

“我亲爱的小姐，现在不是回避事实的时候。我们的处境非常危险。我们当中有一个人就是尤·纳·欧文。只是不知道我们之中哪个是他。来到这座岛上的十个人中，已经有三个人死亡。安东尼·马斯顿，罗杰斯太太和麦克阿瑟将军都死了，没什么可怀疑的。现在剩下我们七个人，请允许我表达自己的看法，在我们七个人当中，有一个是冒牌的小士兵。”

他停住口，望着周围的人。

“我可以认为各位都默认了吗？”

阿姆斯特朗说：

“真离谱，但我认为你说得对。”

布洛尔说：

“毫无疑问。我有一个绝妙的主意，你们不妨听我说……”

瓦格雷夫法官立刻用手势制止了他，沉着冷静地说：

“我们现在先说这个问题。到现在为止，我想先搞清楚，大家对于目前处境的看法是否一致？”

埃米莉·布伦特还在织毛衣。她说：

“你的说法听上去比较合理。我也同意我们当中有一个人是魔鬼派来的。”

维拉声音微弱地说：

“我不相信，不相信——”

瓦格雷夫说：

“隆巴德，你呢？”

“我同意，先生，完全同意。”

瓦格雷夫法官看起来很满意，他点点头说：

“好吧，那我们首先来分析证据。有没有谁是值得怀疑的人？布洛尔先生，我看你好像想说点儿什么？”

布洛尔紧张地喘着粗气：

“隆巴德带着一把左轮手枪，他昨天晚上没说实话，他都承认了。”

菲利普·隆巴德咧开嘴，无奈地说：

“看来，我又得解释一遍。”

他又解释了一遍，讲得简明扼要。

布洛尔咬住这个问题不松口，说：

“你怎么证明自己的说法？没有什么可以证明你所说的情况属实吧？”

法官咳嗽着说：

“遗憾的是，我们都一样，只能为自己作证。”

他俯下身体，说：

“我敢说，没有人真正意识到这是多么特殊的情况。我脑子里只有一个可行的办法，就是分析一下我们现有的证据，以此来排除嫌疑。”

阿姆斯特朗马上说：

“各位都知道我是专业人士，你们怀疑我的唯一理由不过是——”

瓦格雷夫法官又举起手来打断了他的发言，他声音不大，但清晰明确：

“我也是众所周知的专业人士。所以，尊敬的先生，这证明不了什么。如今这个世道上，有行凶肇事的医生，为非作歹的法官，还有，”他看着布洛尔，又添上了一句，“胡作非为的警察。”

隆巴德说：

“无论如何，我觉得你要把女人排除在外。”

法官的眉毛往上一挑，用法律界人士特有的刻薄语气说：

“你的意思是，女人就不可能是杀人犯了？”

隆巴德气冲冲地说：

“当然不是。不管怎么说，这看上去不可能……”

他停住口。瓦格雷夫法官话音清晰，用嘲讽的口吻说：

“阿姆斯特朗医生，我可以认为一个女人的力气足以使麦克阿瑟丧命吗？”

医生镇定地回答：

“完全可以，只要利用顺手的武器就可以，比如胶皮棍或者铅棍之类的东西。”

“凶手不需要花费很大力气吗？”

“根本不需要。”

瓦格雷夫法官扭动着他那龟颈一样的脖子，说：

“另外两起命案是药物致死。而麦克阿瑟这起命案，就连手无缚鸡之力的人都能轻松办到。”

维拉怒不可遏，说：

“我看你是疯了！”

法官慢慢地转过脸来，目光落在她脸上。他的眼神冷漠无情，说明此人擅长察言观色，而自己则能处变不惊。

维拉心想：“他用这种眼神看着我，就像把我当成一个标本，而且，”——她不禁吃惊地发现——“他讨厌我！”

法官字正腔圆地说：

“亲爱的小姐，请你克制一下自己的情绪。我并不是在说你。”他又向布伦特小姐弯了弯腰，“我希望你不要觉得受到了冒犯，我认为大家都有嫌疑，无人例外。”

埃米莉·布伦特只顾织毛衣，头也不抬地用冷冰冰的口气说：

“凡是了解我的人，要是听说我害死了人，绝对感到荒谬至极！更别说是一下子害死三个人。但是，我知道我们毕竟谁都不了解谁，更何况是在这种情况下，没有充分的证据，没人能脱得了干系。我还是那句话：我们当中有一个魔鬼。”

法官说：

“这样说来，我们大家都统一了意见，不会因为一个人的身份或者地位而影响自己的判断。”

隆巴德说：

“那罗杰斯该怎么办？”

法官目不转睛地看着他：“什么怎么办？”

隆巴德说：

“依我看，罗杰斯可以被排除了。”

瓦格雷夫法官说：

“是吗？有什么根据？”

隆巴德说：

“他没这个脑子，而且他妻子也是受害者之一。”

法官的浓眉毛又挑起来了：

“小伙子，我以前审理过很多起谋杀妻子的案件，结果证明丈夫确实是凶手。”

“哦！这话我同意。杀妻不是什么新鲜事，但是这次的事情可不能这么看！要说他是为了怕她出卖自己，所以杀妻灭口，或者说他嫌弃她了，想娶个更年轻的姑娘，于是把她杀了，这我都可以相信。但是，我没法相信他就是欧文先生，为了处置逍遥法外的人，就先向自己妻子下手，更何况那件谋财害命的事明明是他们两个一起干的。”

瓦格雷夫法官说：

“你把道听途说当成证据了。我们并不清楚罗杰斯和他妻子是否谋杀了他们的主人。这个指控完全可能是伪造的，为的是让罗杰斯和我们落得同样的处境。昨天晚上罗杰斯太太恐惧的原因，也有可能是发觉她丈夫精神失常了。”

隆巴德说：

“好吧，那就听你的吧，尤·纳·欧文就是我们其中一个人，谁都脱不了干系。”

瓦格雷夫法官说：

“我的意思是，大家不要因为品德、身份或者犯案可能等等因素来排除某个人的嫌疑，而是要基于事实来做排除法。现在我们就开始吧。简单点儿说，我们当中有谁或者哪些人完全没有机会对安东尼·马斯顿下毒，完全没有机会让罗杰斯太太服用过量的安眠药，完全没有机会对麦克阿瑟进行致命的一击？”

布洛尔一直阴沉的脸忽然放了晴。他向前俯过身来。

“这样就对了，先生！”他说，“就用这个办法。马斯顿的死，我看没有什么好查的了。有人已经说过，在他最后一次斟满酒杯之前，窗外可能有人往他的酒杯里偷偷下了毒，而且如果当时房间里的人想要投毒的话，其实更方便。我记不清当时罗杰斯在不在房间里了，至于我们剩下的这些人，谁都有可能投毒。”

他停了一下，接着说：

“现在来分析罗杰斯的妻子。当时跑出去的是她丈夫和阿姆斯特朗医生，他们俩都可以轻而易举地——”

阿姆斯特朗气得跳了起来，浑身发抖。

“我反对，简直是荒唐可笑！我发誓，我给那女人开的药都是——”

“阿姆斯特朗医生。”

这个细声细气、尖酸刻薄的声音力道十足，阿姆斯特朗医生刚说了半句话，语音就戛然而止。

“你自然会愤怒，尽管如此，你必须面对事实。不是你就是罗杰斯，你们都有可能毫不费力地用过量的药物杀害她。现在，我们再来分析一下当时在场的其他人。我、布洛尔探长、布伦特小姐、维拉小姐、隆巴德先生是否有投毒的机会？我们当中有谁可以完全被排除在外？”他停顿了一下，“我想，一个也没有。”

维拉生气地说：

“那个女人出事的时候，我根本就不在她身边！你们都可以作证。”

瓦格雷夫法官思考了一分钟，然后说：

“根据我的回忆，事情的经过是这样的……如果说得不对，请各位纠正我。安东尼·马斯顿和隆巴德先生把罗杰斯太太抬上沙发之后，阿姆斯特朗医生跑了过去，让罗杰斯去拿白兰地。后来大家想到一件事——那个指控我们有罪的声音到底是从哪里传来的。于是我们都走进隔壁那间屋子，只有布伦特小姐仍旧待在老地方没动，单独和昏过去的女人待在一起。”

埃米莉·布伦特顿时变了脸色。她放下毛线，说：

“这简直不可理喻！”

法官无情的声音继续说着：

“当我们回到房间里的时候，你，布伦特小姐，正俯下身看着沙发上的女人。”

布伦特反驳道：

“难道对别人正常的怜悯之心也成了犯罪吗？”

瓦格雷夫法官说：

“我只是在陈述事实。后来罗杰斯端着白兰地走进屋，当然，他完全可能在进屋前下了毒。那个女人把白兰地一饮而尽。过了一会儿，她丈夫和阿姆斯特朗医生扶她回到床上，阿姆斯特朗医生当场给了她镇静剂。”

布洛尔说：

“事情的经过就是这样的。看来她的死与瓦格雷夫法官、隆巴德先生、维拉小姐和我自己无关了。”

他声音响亮，而且显得很亢奋。瓦格雷夫法官冷冷地看了他一眼，低声说：

“是吗？我们必须把每一种可能都计算在内。”

布洛尔又瞪大了眼睛，说：

“我不懂你的意思。”

瓦格雷夫法官说：

“罗杰斯太太躺在楼上她自己的房间里。医生给她的镇静剂开始起效，她意识模糊，发不出声音。假如那时候有人敲开她的门，走进房间，递给她一片药或者一杯水，骗她说这是医生吩咐让她吃的药，罗杰斯太太肯定会毫不怀疑地服下去。”

屋里一片安静。布洛尔皱着眉头，心神不宁地走来走去。菲利普·隆巴德说：

“你的说法我根本不信。再说，之后的很长一段时间都没有人离开过这间屋子。然后又发生了马斯顿的死亡。”

法官说：

“如果有人是出了自己的卧室，去找了罗杰斯太太呢？我是说后来。”

隆巴德不同意：

“但那时候罗杰斯已经在她房间里了。”

阿姆斯特朗医生开了口。

“不对，”他说，“那时罗杰斯下楼收拾餐厅和厨房了。可能有人在不被人发现的情况下去过她的房间。”

埃米莉·布伦特说：

“医生，你能肯定那个女人吃了你给她的药以后，睡得很沉吗？”

"基本是这样，但也说不定。这得看每个人对药物的具体反应如何。每个病人的体质不同，只有经过几次处方试验以后，才能知道他们对不同药物有什么反应。有时候，镇静剂会隔很久才起作用。"

隆巴德说：

"你当然会这么解释了。照本宣科的——"

阿姆斯特朗听到这话，显然很生气，脸色顿时阴沉下来。

但是法官冷漠无情的声音又一次把他已经到了嘴边的话拦了回去。

"我们的目的是搞清楚事实，辩解和反驳都无济于事。我认为，刚才的假设都是有可能发生的，虽然我也承认这种可能并不大。不过，这也得看嫌疑人具体是谁。如果给那个女人投毒的人是布伦特小姐或者维拉小姐，她绝对不会起疑心。假如换成我，或者是布洛尔、隆巴德先生，就稍微有些奇怪了，但是我仍然认为这不至于引起她的怀疑。"

布洛尔说：

"这能说明什么呢？"

7

瓦格雷夫法官面无表情，手指轻轻敲着嘴唇，冷冰冰地说：

“我们现在谈的是第二起凶杀案，事实说明在座的没有谁能完全洗脱嫌疑。”

他停了停，又说：

“我们再分析一下麦克阿瑟将军的死亡。那是今天早晨发生的。谁有能为自己开脱的证据，请原原本本地说一说。至于我本人，我可以现在就说，我没有充分的证据说明自己不在场。整个上午我都坐在露台上，思考一个问题，那就是我们每个人的处境问题。

“我在露台上的那把椅子里坐了整整一上午，直到午饭钟响。但是我必须承认，印象中的很多时间里，我周围根本没有人，所以我完全有可能去海边，杀死将军后再回到椅子上坐着。能证明我一直没有离开过露台的人只有我自己。而在这种情况下，我的证据显然不充分，必须有其他证据才行。”

布洛尔说：

“我上午一直和隆巴德、阿姆斯特朗医生在一起。他们俩都可以给我作证。”

阿姆斯特朗说：

“你去屋里找过绳子。”

布洛尔说：

“没错，我去过，但是在往返的路上我都没有停留，这你应该很清楚。”

阿姆斯特朗说：

“你去了挺长时间——”

布洛尔涨红了脸，说：

“你这么说是什么意思，阿姆斯特朗医生？”

阿姆斯特朗重复道：

“我只是说你去找了很长时间。”

“你以为绳子那么好找吗？我总要到处翻一翻啊。”

瓦格雷夫法官说：

“布洛尔离开的时候，你们俩是在一起的吗？”

阿姆斯特朗不高兴地说：

“当然了，隆巴德一共走开了几分钟，我一直待在原地没动。”

隆巴德微笑着说：

“我想试试能不能反射太阳光来向大陆发信号，所以在找一个合适的地点。不过只走开了一两分钟。”

阿姆斯特朗点头表示同意：

“没错。我向你们保证，就这么一会儿工夫来不及杀人。”

法官说：

“你们俩谁看过表吗？”

“没人看过。”

菲利普·隆巴德说：

“我没戴手表。”

法官平静地说：

“一两分钟这个说法很不精确。”

随后，他把头转向抱着毛线、笔挺地坐在椅子上的布伦特，说：

“布伦特小姐，你呢？”

布伦特说：

“我和维拉小姐一起去小岛高处走了走。然后我就坐在露台上晒太阳。”

瓦格雷夫法官说：

“我不记得你在那里出现过。”

“我坐在朝东的拐角，那里避风。”

“你一直在那里坐到吃午饭？”

“是的。”

“维拉小姐？”

维拉已经准备好了，大声回答道：

“今天早上我和布伦特小姐在一起。然后四处走了走。再后来，又到海边和麦克阿瑟将军聊了一会儿。”

瓦格雷夫法官打断了她：

“那是什么时候的事？”

维拉这才有些犹豫地说：

“我不清楚，大约是午饭前一小时吧，我想想……可能不到一小时。”

布洛尔问道：

“是在我们和他聊过之后，还是之前？”

维拉说：

“我不知道。他——他真是非常奇怪。”

她开始发抖。

“怎么奇怪？”法官要追问清楚。

维拉低声说：

“他说我们都要死了……他说他正在等待末日。他……他吓得我……”

法官点了点头，说：

“后来你做了什么？”

“我回了房间。直到吃饭才下来，后来又去了屋子后面，反正我整个上午都心神不宁。”

瓦格雷夫法官摸着下巴说：

“还剩下罗杰斯。我不知道他的证词究竟能证明什么。”

被叫过来接受讯问的罗杰斯没能说出任何有价值的话。他一上午都忙着做各种家务、准备午饭。饭前他还给露台上的客人送过鸡尾酒，之后又上楼把自己的东西从阁楼搬进另一间屋子。他一上午连窗外都没望过一眼，没发现任何与麦克阿瑟将军死亡有关的蛛丝马迹。他可以发誓，中午他布置餐桌的时候，餐桌上的确还有八个小瓷人。

罗杰斯话音刚落，屋里顿时安静下来。

瓦格雷夫法官清了清嗓子。

隆巴德低声对维拉说：

“现在他要宣布判决了。”

法官说：

“关于这三起死亡案件，我们尽力做了质询。有些人在某些方面的嫌疑可以排除了，但到现在为止，我们仍不能肯定哪个人和这三起死亡案件全无牵连。我重申，我相信在座的七人中有一个就是危险的、可能是精神失常的罪犯。但是，在我们面前尚无证据说明哪一个人是他。眼下我们所能做的就是想办法和岸上的人取得联系，寻求帮助。同时也要考虑一下，假如短时间内得不到岸上的救援——而且从天气情况看，十有八九没人能过来——我们必须采取何种措施来保证自己的安全。

“我恳请各位慎重考虑，把自己想到的任何建议都提出来。在此期间，我必须提醒大家，提高警惕。凶手之所以能为所欲为，正是因为被害者毫无防备。从现在起，我们应该把提防每一个人作为自己的任务，有备无患。先说这些吧。”

菲利普·隆巴德小声嘟囔着说：

“现在休庭……”

第十章

1

“你信吗？”维拉问道。

维拉和菲利普·隆巴德坐在客厅的窗台上。屋外下着瓢泼大雨，狂风肆虐，大风卷着雨水重重地拍打着玻璃窗，仿佛下一刻就会冲进屋里。

隆巴德歪着脑袋想了想，对维拉说：

“你是问我觉得瓦格雷夫那个老家伙说得有没有道理，凶手是不是我们当中的某个人？”

“是的。”

隆巴德故意慢吞吞地说：

“这可不好说。按理说呢，他说得没错，但是——”

维拉替他把话说完：

“但是这一切太令人难以置信了！”

隆巴德做了个鬼脸。

“本来就不可理喻！但是麦克阿瑟的死证明了一个观点，所有的死亡都不可能是意外或自杀，这分明就是谋杀。到现在为止，一共发生了三起谋杀。”

维拉瑟瑟发抖：

“这简直是一场噩梦！我一直以为这种事是不可能发生的！”

隆巴德表示同意：

“我理解你，维拉。我们都希望现在有人敲敲门，为我们把早餐端进来。”

维拉说：

“哎，如果能这样，该有多好啊！”

隆巴德表情阴郁地说：

“可惜，我们全都在这场噩梦中！从现在起，我们还必须打起十二分的精神。”

维拉小声问：

“如果……如果凶手真的是我们当中的一个……你觉得是谁？”

隆巴德突然咧开嘴，露齿一笑。他说：

“你把我们俩排除在外了吗？也好，我看没问题。我当然知道自己不是凶手，也一点儿都不怀疑你。你是我见过的最冷静、最沉得住气的姑娘。我可以为你作证，你的精神绝对正常。”

维拉苦笑着说：

“谢谢你。”

他说：

“来吧，维拉·克莱索恩小姐，你不打算以礼相待，回夸我几句吗？”

维拉迟疑片刻，说：

“我知道你说自己不是一个按部就班的老实人。但不管怎么说，我看你都不像是唱片里那个控诉罪行的人。”

隆巴德说：

“没错。如果我必须杀死谁，无非是为了保全自己。这种精心计划的集体罪行大清算并不是我的长项。那么排除我们俩以后，看看其他五个人哪一个才是所谓的尤·纳·欧文吧。嗯，虽然我拿不出一点儿证据，但是我猜就是瓦格雷夫！”

维拉大吃一惊。她想了想，才开口问道：

“为什么？”

“一两句话很难说清。不过，他可是个久经沙场的老手，在法庭上摸爬滚打了这么多年，审判的案子多得数不清。也就是说，他一直大权在握，把别人的生死玩弄于股掌之间，替上帝主持审判。多年以后，他肯定把自己当成了上帝，很有可能哪天心血来潮，就自以为是地替天行道。”

“也对，这倒是有可能——”维拉说得很慢。

隆巴德问：

“你觉得是谁呢？”

维拉脱口而出：

“阿姆斯特朗医生。”

隆巴德吹了一声口哨：

“那个人？告诉你吧，我把他摆在嫌疑人名单的最后一位。”

维拉摇着头说：

“不是的！两个人的死亡原因都是被人投毒，这难道不足以说明和那个医生有关吗？而且你仔细考虑一下：我们唯一能够确定的事实就是罗杰斯太太吃的安眠药是医生给她的。”

隆巴德同意这一点：

“说得没错。”

维拉说下去：

“医生投毒的话，一般人很难发觉。而且由于精神紧张，医生也有可能出错。”

菲利普·隆巴德说：

“说得也对。不过我觉得麦克阿瑟将军的死不是他干的。他没有足够的时间，我只走开了一会儿——不可能！除非他行动的速度比兔子还快。我觉得他不可能受过这种训练，能把活儿干得这么干净利索。”

维拉说：

“他不是在和你们一起的时候下的手。他利用了另一个时机干的。”

“什么时候？”

“他出去找将军，叫他来吃午饭的时候。”

隆巴德又吹了一声口哨，说：

“你觉得他是在那个时候下手的？那他的心理素质可真不错！”

维拉急切地说：

“这有什么不可能？只有他一个人精通医术。他如果判断说这个人已经死了一个小时，别人也没办法反驳他吧？”

隆巴德看着维拉，若有所思：

“你真聪明。这个想法挺高明，恐怕……”

2

“你说是谁呢，布洛尔先生？我只想知道，他是谁？”

罗杰斯脸上的肌肉抽搐着，死死抓着手中打亮的皮革。

布洛尔说：

“对啊，这的确是个难题！”

“我们当中的一个人。法官先生是这么说的。但究竟是哪一个？谁是披着羊皮的狼呢？”

“你说的，”布洛尔说，“正是我们都想知道的。”

罗杰斯故作聪明地问：

“不过你已经猜到了，布洛尔先生。你知道是谁吧？”

“我是有些想法，”布洛尔慢悠悠地说，“可是要认定究竟是谁，我也不知道。也许我是错的。我只能说，假如我猜得没错，这个人的确是位高手，确实称得上老谋深算。”

罗杰斯擦了擦脑门上的冷汗，哑着嗓子说：

“真像一场噩梦！”

布洛尔好奇地看着罗杰斯，说：

“你也想到那个人是谁了吧，罗杰斯？”

管家摇摇头，依旧声音嘶哑地说：

“我不知道是谁，根本不知道。正因为这样，我才怕得要死，我如果知道……”

3

阿姆斯特朗医生激动地说：

“一定要离开这里！我们一定要离开这里！不惜任何代价！”

瓦格雷夫法官望着吸烟室窗外，不做声地思考着。过了一会儿，他捻着拴眼镜的带子，说：

“我不是炫耀自己会看天象，但我能看出来二十四小时之内决不像会有船开过来的光景，哪怕岸上的人知道我们的处境，也得看看二十四小时以后风暴会不会停。”

阿姆斯特朗医生垂下头，痛苦地用双手捂住脑袋，说：

“难道在这之前，我就只能躺在床上等死了吗？”

“但愿不是，”瓦格雷夫法官说，“要采取一切措施避免这种情况。”

阿姆斯特朗脑子里忽然闪出一个念头。像法官这种老年人，他们的求生欲望往往比年轻人要强烈得多。他行医多年，很了解这种情况。他比法官大概年轻二十多岁，但在自救方面的精神却不知要差多少。

瓦格雷夫法官心想：躺着等死！这群医生都是一个德行，脑子死板得很。实在是笨透了。

阿姆斯特朗医生说：

“已经死掉三个了，不是吗？”

“我知道。但不要忘了，他们全都猝不及防，而我们却有所准备。”

阿姆斯特朗医生苦着脸说：

“我们有什么准备？早晚会被——”

“我在想，”瓦格雷夫法官说，“我们还可以做点儿什么。”

阿姆斯特朗说：

“凶手到底是谁，我们连一点儿线索都没有。”

法官摸摸下巴，低声道：

“你是这么想的，我可不是。”

阿姆斯特朗瞪着他，问：

“你的意思是，你知道谁是凶手？”

瓦格雷夫法官措辞谨慎，认真地说：

“要让我拿出确凿的证据——就像开庭时必须拿出的

那种——我承认我没有。但是，如果我们把几件事情的前因后果梳理清楚，就会发现有一个人简直太明显了。没错，我觉得是。”

阿姆斯特朗直愣愣地盯着他说：

“我没听懂。”

4

布伦特小姐待在楼上的卧室里。

她拿起《圣经》，走到窗前，坐下来。

她翻开《圣经》，但是犹豫了片刻，又把《圣经》放下，起身走到梳妆台前，从抽屉里取出一个黑色封皮的笔记本。

她打开本子，写道：

“这里发生了可怕的事情。麦克阿瑟将军死了。(他堂兄的妻子是埃尔西·麦克弗森。)他肯定是被谋杀的。吃过午饭之后，法官召集大家，发表了一番极富深意的讲话。他认为凶手就在我们这群人之中。这意思是说，我们之中有一个人是替魔鬼当差的。其实我早就这样怀疑了。究竟是谁？他们都在问自己，只有我知道……”

她坐在那里，很长时间都一动不动。她的视线渐渐模糊，手中的铅笔像喝醉了酒似的晃晃悠悠，她用歪歪扭扭的字体写道：

“凶手的名字是比阿特丽斯·泰勒。”

她闭上了眼睛。

她猛然惊醒，低头看看笔记本，生气地把最后一行歪七扭八的字全都画掉了。

她轻轻地自言自语：

“这是我写的吗？奇怪。我一定是要疯了……”

5

暴风雨愈演愈烈，狂风在别墅四周嘶吼。

大家魂不守舍地待在客厅里，偷偷摸摸地互相打量。

当罗杰斯端着茶盘突然走进来的时候，在场的人全都吓了一跳。

“需要我把窗帘拉上吗？这样看着会更舒服些。”

征得大家同意之后，他把窗帘拉上，又打开灯。房间里的气氛一下子明快多了，似乎连密布的愁云都飘走了一些。暴风雨明天就会过去，到时候会有人来到小岛……船也会开来……

维拉·克莱索恩问：

“布伦特小姐，你想倒杯茶吗？”

上了年纪的女人回答：

“不，亲爱的，你自己倒吧。茶壶太沉。而且，我有两团灰毛线找不到了，真烦人。”

维拉走到茶桌旁边。瓷器发出清脆的碰撞声，听起来让人感到欣慰。屋子里又飘出些平日里的香气。

“茶啊！上帝保佑每天的下午茶。”菲利普·隆巴德说了句逗乐的话。布洛尔也附和了一句。阿姆斯特朗又说了个笑话。瓦格雷夫法官本来不喜欢喝茶，如今也端着茶杯喝得津津有味。

屋里的气氛轻松和谐，直到罗杰斯走进来。

他愁眉苦脸，神情紧张，前言不搭后语地说：

“对不起，请问哪一位知道浴室的窗帘到哪里去了？”

隆巴德猛地抬起头问：

“浴室的窗帘？你想问什么，罗杰斯？”

“窗帘不见了，先生，不见了。我正在给每一扇窗户拉窗帘，可是浴室里的那条帘子哪儿都找不到了。”

瓦格雷夫法官问道：

“那条窗帘今天早晨还在吗？”

“在啊，先生。”

布洛尔说：

“是什么样子的？”

“深红色的油布窗帘，先生。正好搭配浴室里的红瓷砖。”

隆巴德说：

“现在不见了？”

“不见了，先生。”

大家你看看我，我瞧瞧你。

布洛尔大声说：

“真是莫名其妙！不过我看还是算了吧，没什么大不了的，凶手总不能用窗帘杀人吧？找不到就算了。”

罗杰斯说：

“好的，先生，谢谢你。”

他走出房间，随手关上了门。

房间里的气氛再一次凝重起来，充满了愁闷和怀疑。

大家又开始偷偷摸摸地互相打量起来。

6

晚饭端上桌，大家吃完饭，把桌子收拾好。晚饭很简单，大部分是罐头食品。

客厅里的紧张气氛实在难以忍受。九点钟，埃米莉·布伦特站了起来，说：

“我去睡觉了。”

维拉也说：

“我也要去睡了。”

两个女人走上楼梯，隆巴德和布洛尔随后也一起走出客厅。他们站在楼梯口，看着前面两个女人各自回到房间，关上门。又听见插上插销和转动钥匙的声音。

布洛尔笑了笑，说：

“这下倒好，都不用提醒她们锁门了！”

隆巴德说：

“今天晚上她们反正是出不了什么事。”

他走下楼来，布洛尔紧随其后。

7

过了一个小时，剩下的四个人一起走上楼，回房睡觉去了。罗杰斯在餐厅里准备第二天的早餐。他看着大家走上楼，听见他们在楼道口停下脚步。

法官的声音响起来，他说：

“大家不用我提醒锁好门了吧。”

布洛尔说：

“最好在门后面顶把椅子，门锁有可能从外面被人撬开。”

隆巴德咕哝着：

“亲爱的布洛尔，你的毛病就是知道得太多了！”

法官严肃地说：

“各位晚安！祝大家平安度过今晚，再见。”

罗杰斯从餐厅里跑出来，踏上半截楼梯。他看到四个人影消失在四扇门后，听到四声门锁扣紧、插销插牢的声音。

他默默地点了点头，低声说：

“没问题了。”

罗杰斯回到了餐厅。好了，明天早晨的一切都准备好了。他的目光先是落在墙壁正中的穿衣镜上，又依次扫过七个小瓷人。

忽然，他脸上露出一丝喜色。

他自言自语道：

“我倒要看看，今天晚上还有谁能玩花样。”

他穿过房间，把通向厨房的门锁好，穿过另一扇门走进客厅，回身把门锁上，把钥匙放进口袋里。

接着，他熄了灯，急急忙忙上楼走进自己的新卧室。

卧室里只有一处可供藏身之地——那个高大的衣橱。他马上拉开门检查了一番，接着把门锁好，插上插销，准备睡觉。

他自言自语道：

“今晚肯定不会再有人耍花样了，我都检查好了……”

第十一章

1

隆巴德总是天一亮就起床。这天也不例外。他用胳膊支起身子，听到窗外的暴风雨似乎缓和了些，但风还在刮着，雨声却听不见了……

到了八点的时候，风声又猛烈起来。不过隆巴德没听见。

他又睡着了。

九点半，他坐在床边看表，又把表放在耳朵边听了听，咧开嘴，露出狼一般奇怪的微笑。

他轻声说：

“到时候了，我看又得干点儿什么了吧。”

九点三十五分，他敲敲布洛尔紧闭的房门。

布洛尔小心翼翼地开了门。头发蓬乱，睡眼惺忪。

隆巴德亲切地说：

“你睡了足足十二个小时？说明你心里没有鬼。”

布洛尔只回给他三个字：

“有事吗？”

隆巴德说：

“今天早晨有人叫过你吗——我是说，有人给你送过茶吗？你知道现在几点了？”

布洛尔回头看看放在床边的旅行闹钟，答道：

“现在是九点三十五分。没想到我会一觉睡到现在。罗杰斯在哪儿？”

隆巴德说：

“除了回声，没人能回答你。”

“你这话是什么意思？”布洛尔问。

隆巴德说：

“我的意思是，罗杰斯不见了。他不在自己的房间里。水壶里也没有开水，厨房里连火都没生。”

布洛尔低声咒骂道：

“见鬼，他到哪里去了？在外面的什么地方吗？我得穿上衣服，出去问问看别人知不知道。”

隆巴德点点头，走过一扇扇紧闭的房门。

他看到阿姆斯特朗已经起床了，基本上已经把自己收拾妥当。瓦格雷夫法官和布洛尔一样，刚被人从睡梦中叫醒。维拉已经梳妆完毕，但是埃米莉·布伦特的屋子是空的。罗杰斯的房间也是空的。从床铺上看，是有人睡过的样子，刮胡刀、海绵、肥皂也都沾了水，还没有干。

隆巴德说：

“他已经起床了，毫无疑问。”

维拉强装镇静，故作沉着地低声说：

“他会不会在哪儿待着，等我们起床呢？”

隆巴德说：

“我亲爱的姑娘，他去哪儿都有可能。但我要奉劝大家别走散，直到找到罗杰斯。”

阿姆斯特朗说：

“想必他是跑到岛上其他地方去了。”

布洛尔走过来，衣服穿得挺整齐，但没刮胡子。他说：

“布伦特小姐去哪儿了——又是一个谜。”

不过，他们刚走到客厅，布伦特就从前门进了屋，身上穿着雨衣。

“海水还是那么高，我看今天不会有船出海。”她说。

布洛尔说：

“你是一个人在岛上转悠吗，布伦特小姐？你难道不觉得自己做了件最危险的傻事吗？”

埃米莉·布伦特说：

“你放心，布洛尔先生，我很小心。”

布洛尔嘟囔了一声，又问：

“你看见罗杰斯了吗？”

布伦特小姐扬起眉毛，说：

“罗杰斯？没有，今天早晨我还没见过他。怎么了？”

瓦格雷夫法官刮完胡子，穿好衣服，戴上假牙，下楼走到餐厅门口说：

“哈，早餐桌子已经摆好了，难怪。”

隆巴德说：

“可能是昨天晚上就摆好的。”

他们一起走进餐厅，看见杯盘刀叉都规规矩矩地摆在餐桌上，酒杯也整整齐齐地放在酒柜上，桌上铺好了餐垫，准备用来垫着咖啡壶。

维拉第一个发现了情况。她一把抓住瓦格雷夫法官，掐得他的胳膊直往后缩。

她失声惊呼：

“看！那些小士兵！”

桌子正中的盘子里，只剩下了六个小瓷人！

2

没过多久，他们就找到了罗杰斯。

他在院子对面的洗衣房里。正劈柴给厨房的炉灶烧火。劈柴的小斧子还攥在他手里。靠着门还有一把大斧子，斧刃上留着一片深红色的血痕，和罗杰斯后脑的伤口正好吻合……

3

“太明显了，”阿姆斯特朗说，“凶手偷偷溜到他身后，当时他正弯着腰，只需要抡起斧子，一下就能砸在他头上。”

布洛尔从厨房里找到一个面粉筛，急忙往斧子柄上洒粉末，想找出指纹。

瓦格雷夫法官问：

“干这件事需要很大力气吗，医生？”

阿姆斯特朗严肃地说：

“不，一个普通女人的力气就够了，如果你想问的是这个。”说着他慌忙望了望四周，看见维拉和布伦特都走进了厨房，“维拉要想做这件事简直易如反掌，她有运动员的体格。布伦特小姐从表面上看像是体弱无力，然而这类女人往往有一股蛮劲儿。况且，凡是癫狂的人，都会有一种不知从何而来的巨大力量。”

法官若有所思地点点头。

蹲在那里的布洛尔叹了口气，站起身来说：

“没有指纹，想必是当时就擦干净了。”

忽然传来一声大笑，大家急忙转过身去。维拉站在院子里。她喊叫的声音又尖又亮，接着是一阵狂笑：

“哈哈！这个岛上养蜜蜂吗？谁能告诉我，我们到哪儿采蜂蜜啊？哈！”

大家凝视着她。莫名其妙！众目睽睽之下，一个矜持克制的姑娘居然发了疯。

她继续怪声怪调地叫喊着。

“别这样看着我！你们是不是觉得我疯了？我的问题

多么正常啊。蜜蜂，蜜蜂！哎哟！你们怎么不明白？难道你们没听过那首童谣吗？卧室里都挂着呢！挂在墙上让你们学呢！要是聪明的话，你们应该马上想起这句：'七个小士兵，举斧砍柴火；失手砍掉头，七个只剩六。'后面还有好几句呢，我都能背下来！我告诉你们！'六个小士兵，捅了马蜂窝；蜂来无处躲，六个只剩五。'所以我才问，这座岛上养蜜蜂了吗？是不是特别有意思？见鬼，这太有意思啦——"

她疯狂地大笑着。阿姆斯特朗三步并作两步走过去，伸手狠狠抽了她一个耳光。

她喘着粗气，一边打嗝，一边咽口水，站在那里一动不动。足足过了一分钟，她才开口说：

"谢谢你，我现在没事了。"

她的声音恢复了平静和克制，依然是那个带孩子做游戏的老师的声音。

她转身穿过院子走进厨房，一边走一边说："我和布伦特小姐来做早饭吧。你们能把柴火搬过来生炉子吗？"

她的脸红彤彤的，还留着阿姆斯特朗医生的手印。

她走进厨房之后，布洛尔说：

"你处理得很好，医生。"

阿姆斯特朗抱歉地说：

"不得不这样！不打她，她就没法清醒过来。"

隆巴德说：

“她不是那种轻易会变得歇斯底里的女人。”

阿姆斯特朗表示同意，说：

“她不是那种人。她是个身体健康，头脑正常的姑娘，只是突然受了刺激。换成别人也一样。”

罗杰斯遇害之前已经劈好了一些柴火，他们归拢一下，把柴火送到厨房。维拉和布伦特忙忙碌碌。布伦特小姐在通炉子生火，维拉在旁边把咸肉上的硬皮一块块切下来。

埃米莉·布伦特说：

“谢谢。我们尽快做饭，大约需要半个小时到四十五分钟。先得把水烧开。”

4

布洛尔嗓音低沉粗哑，他问隆巴德：

“你猜我在想什么？”

隆巴德说：

“你想说就直说，何必让我猜？”

布洛尔是个死板的人，不在意碰钉子。他粗声粗气地说：

“美国有过这么一起案子，有对老夫妻被人用斧子砍死了。案发时间是上午十点左右，家里除了他们的女儿和女佣之外，没有别人。女佣被证明不可能作案，那个女儿是一个很受人敬重的大龄单身女人，看起来也不可能作案。于是他们就释放了她。但是，他们再也没有找到答案。”他停了一下，“我刚才一看到那把斧子，就想起这件事来了。我走进厨房，看到她在那里干活儿，沉着冷静，连一根汗毛都没有竖起来！而那个姑娘彻底发了疯。这就对了！这才是自然反应，这才是我们希望看到的结果，对不对？”

隆巴德话不多，只说了一句：

“也许是吧。”

布洛尔继续说：

“但是另一个人的表现呢？简直过于冷静镇定了吧。你看她系着罗杰斯太太的围裙，还淡定地说：‘半小时左右做好早餐。’你要问我的话，我觉得这个女人肯定疯了，好多她这样的单身老女人都不正常。我倒不是说她们都是杀人狂，可她们的思维都很古怪。她变成了这种古怪的老女人，而且还是个宗教狂热分子，把自己当成上帝的工具。你知道她坐在屋子里看什么吗？她在读《圣经》！”

隆巴德叹口气，说：

“但这些理论没法证明她有你所谓的那种精神问题，布洛尔。”

布洛尔不依不饶，固执地企图证明自己的论点，继续说：

“再说，她还一个人跑出去了，披着雨衣去看海。”

隆巴德摇着头说：

“罗杰斯是劈柴的时候被杀的，也就是说他早晨一起来就被杀了。这样的话，布伦特没有必要在外面待几个小时那么久。要我说，杀害罗杰斯的凶手完全可以回来，继续裹着被子睡觉。”

布洛尔说：

“你没明白我的意思，隆巴德。假如那女人是个正常人，她根本就不敢一个人出去在外面转悠。除非她压根儿就不知道什么叫害怕，才敢这样做。也就是说，她天生就是一个能干得出那种事的人。”

隆巴德说：

“你说得有道理……对啊，我确实没想到这一点。”

他微微一笑，补充道：

“幸好，你现在不再怀疑我了。”

布洛尔有些不好意思，说：

“一开始，我是有点儿怀疑你，你有枪，还编了谎话。但后来我明白了，凶手是谁不是明摆着的吗？”他停顿了一下，说，“我希望你别放在心上。”

隆巴德若有所思地说：

“也许我看错了，总之，我看你不像是能干出这种事的人，假如凶手真是你，你也太会演戏了，我真得向你脱帽致敬。”接着，他低声说，“布洛尔，也许到了明天，我们都要见上帝了。这会儿只有我们俩，你跟我说说那件伪证案，是你搞的鬼吧？”

布洛尔不安地将重心在两只脚上移来移去，最后说：

“事到如今，说出来也无所谓了。事情是这样，兰道确实是无辜的，那些人买通我，我们一起想办法把他扯进来。我跟你说了实话，本来打死我也不会承认——”

“天地良心，”隆巴德笑着说，“我保证不会出卖你。看来你没少捞好处吧？”

“没有我本来以为的那么多。那帮强盗真是无耻。好在我被提拔了。”

“兰道却被判入狱服劳役，后来死在监狱里了。”

“我怎么能料到他会死啊！”布洛尔说。

“我不是这个意思，我是说你运气不好。”

“我运气不好？是他运气不好吧？”

“你的运气也不好。因为这件事，你也得早死几年。”

“我？”布洛尔瞪大眼睛说，“你以为我的下场会跟罗杰斯一样吗？不可能！跟你说，我小心着呢！”

隆巴德说：

“是吗，那就好。我从来不敢说大话，而且说到底，你死了我也捞不着什么好处。”

“你这是什么意思？”

菲利普·隆巴德咧嘴一笑，露出一口白森森的牙齿：

“亲爱的布洛尔，我的意思是，我觉得你活不长了。”

“什么？”

“你不动脑子，只会坐着等死，而像尤·纳·欧文这样头脑灵活的疯子，他——或者她——肯定在盘算着如何能让你中圈套。”

布洛尔气得脸都红了，怒气冲冲地反问道：

“那你呢？”

隆巴德一脸杀气：

“我有自己的一套办法。什么危险场面我没见过？还不是都闯了过来。我觉得，也用不着多说别的，反正这次我一样能搞定。”

5

油锅里煎着鸡蛋，维拉一边烤面包，一边琢磨着：

“我怎么会歇斯底里地出丑？真是蠢极了。我要冷静，维拉，要冷静啊！”

毕竟，她从来都为自己遇事沉着冷静而暗暗得意。

“维拉小姐真棒——沉着冷静——马上游泳去追西里尔。”

我现在想这些做什么？一切都过去了——陈年往事……等她游到岩石那边，西里尔早就不见了。她感到激流卷着自己往海的另一边拖拽，就故意随波逐流，漂浮在水面上——直到救援船开过来。

大家一致称赞她英勇果敢，沉着冷静……

但是，只有雨果默不作声。雨果仅仅——看了她一眼……

天哪，太让人伤心了。一直到现在，只要一想到雨果……

他在哪儿？他在干什么？他订婚了吗？他……结婚了吗？

布伦特厉声喝道：

“维拉，面包糊了。”

“啊，对不起，布伦特小姐。还真糊了。我真是太笨了！”

布伦特把最后一个鸡蛋从吱吱响的油锅里盛出来。

维拉重新往烤炉里放面包。她好奇地问：

“布伦特小姐，你真厉害，真冷静。”

“我从小就这样，家里教导我遇事要沉着冷静，不能大惊小怪。”

维拉不禁想：

“从小就受这样的约束和管教……确实能说明不少问题……”

她问道：

“你难道不害怕吗？”停顿一下，她又追问道，“或者说，你难道不怕死吗？”

死！这个字像锋利的匕首，直直地刺向埃米莉·布伦特的脑门儿。死！她可不打算死！别人会死，但是她，埃米莉·布伦特，不会。

这个姑娘不懂我。布伦特天生不会害怕，布伦特家的人没有一个会怕。她们一家都是上帝的子民，从来不恐惧死亡。家人都和她自己一样，规规矩矩做人。她从来没有做过任何亏心事，因此，她也不会死……

“主一向心有定数，”“你必不怕黑夜的惊骇，或是白日飞的箭……”现在是白天，我不会有一丝恐惧和害怕。“谁也别想离开这个岛。”谁说的？麦克阿瑟将军！他堂兄娶了埃尔西·麦克弗森。他表面上看起来满不在乎，实际上，他似乎挺高兴的！这种想法真是罪恶！简直是作孽。有的人不珍惜自己，作践自己，自作自受。比阿特丽斯·泰勒……昨天晚上她梦见了比阿特丽斯——她把脸贴在玻璃窗上，苦苦哀求她，让她进屋。可是布伦特死活不让她进来。因为一旦让她进来，肯定会招来大麻烦……

埃米莉猛然回过神，发现维拉诧异地盯着她，赶紧说：“早餐都准备好了吧？我们把早餐端进屋吧！”

6

这顿早餐的气氛与昨天完全不同，每个人都客气极了。

“我给你倒些咖啡吧，布伦特小姐？”

“维拉小姐，你要火腿吗？”

“再来片面包？”

从表面看去，这六个人轻松镇定。

但是他们的内心呢？心神不宁，脑子里的想法不停地打转……

"下一个是谁？下一个是谁？该轮到谁了？"

"计划可行吗？真是说不好。但是总要试一试吧。时间够用就行，我的上帝，只要时间够用的话……"

"宗教狂，没错，表面上完全看不出来……万一我弄错了呢……"

"简直乱套了……全都乱套了，我也要疯了。我的毛线不见了……深红色的窗帘……这一切都乱套了，让人毫无头绪……"

"这个该死的笨蛋，还真把我的话当真了。不过我还是得谨慎，格外小心。"

"六个小瓷人……只剩六个小瓷人了……今晚会是几个呢……"

"还有最后一个鸡蛋，谁要吃？"

"要橘子酱吗？"

"多谢。我想再来一片火腿。"

六个人，表面一切正常地吃着早餐……

第十二章

1

吃过早餐。

瓦格雷夫法官清了清喉咙，声音低沉，语气严肃地说：

“我们还是聚在一起谈谈眼下的情况比较好。半小时后在客厅碰头，怎么样？”

大家都哼了一声，表示同意。

维拉把盘子收起来，说：

“我来收拾吧。”

隆巴德说：

“我们帮你把餐具拿到厨房去。”

“谢谢。”

布伦特刚想站起来，又一屁股坐下，说：

“哦，上帝啊。”

瓦格雷夫法官连忙问她：

“你怎么了，布伦特小姐？”

埃米莉略带歉意地说：

“真是不好意思，我想帮维拉收拾餐具，可不知道为什么，我头晕得厉害。”

“头晕，嗯？”阿姆斯特朗医生走上前去，“这也难怪，是因为后怕引起的，我可以给你开点儿——”

“不要！”

这两个字像炮弹一样，从她嘴里炸出来。

所有人都被她吓了一跳。阿姆斯特朗医生的脸唰的一下红透了。

是的，她脸上写满了恐惧和警惕。医生尴尬地说：

“那就随便你吧，布伦特小姐。”

她说：

“我什么东西也不吃……什么也不要。我就想在这儿安静地坐一会儿，等这阵头晕过去。”

他们把餐具都收拾干净。

布洛尔说：

“我是个爱做家务的人，我来帮你吧，维拉小姐。”

维拉说：

“谢谢你。”

布伦特独自坐在客厅里。有一阵子，她还能迷迷糊糊地听见厨房里低低的谈话声。

渐渐地，头晕好多了。

浓浓的困意向她袭来，似乎只要闭上眼就能睡着了。

她觉得耳朵里有嗡嗡声，或是有什么东西在房间里嗡嗡作响。

她想起来了：

似乎是蜜蜂——一只大黄蜂。

她真的看见了一只黄蜂，正趴在窗户上。

今天早晨维拉提到了蜜蜂。

蜜蜂和蜂蜜……

她喜欢蜂蜜。从蜂房里采来的新鲜蜂蜜，用纱布袋亲手过滤，一滴，一滴，一滴……

房间里好像有人……全身湿透，浑身滴水……一滴……一滴……比阿特丽斯·泰勒从河里爬上来……她一回头就能看见她……

但是，她的头死活都动不了……

她想要喊一声……

但是，她死活喊不出声……

房间里没有别人，只剩下她自己……

她听到脚步声从身后传来——溺死的女孩磕磕绊绊地迈着脚步——脚步声很轻，轻轻地趿拉着走过来……

她鼻孔里钻进了湿气，有冰凉的东西在流动……

窗户上，黄蜂嗡嗡地叫着……嗡嗡……

此时此刻，她感到被针刺了一下。

那只黄蜂在脖子上叮了下去……

2

大家待在客厅里，等着布伦特。

维拉说：

“要不，我去叫她来？”

布洛尔急忙说：

“再等等吧。”

维拉又坐了回去。大家不解地看着布洛尔。

布洛尔说：

“大家听我说，不用费力气走远，只要现在去客厅就能查清了。我发誓，我们要找的凶手就是她。”

阿姆斯特朗说：

“那么，她的杀人动机是什么？”

“宗教狂热分子。你认为呢？”

阿姆斯特朗说：

“很有可能。我不反对你的看法。当然，我们并没有证据。”

维拉说：

“刚才，我们俩在厨房帮大家准备早餐的时候，我发现她的行为举止就很不正常，她的眼神——”她开始哆嗦。

隆巴德说：

“单凭这些还不足以判断她是否就是凶手。因为我们大家到现在全都是心有余悸。”

布洛尔补充说：

“还有一件事，控诉唱片播放以后，只有她一个人坐着没动，还说‘无可奉告’。为什么？因为她根本就不能解释！”

维拉按捺不住，连忙说：

“你说得不对，她后来给我解释了，她告诉我真相了。”

瓦格雷夫说：

“她都跟你说什么了，维拉小姐？”

维拉把比阿特丽斯·泰勒的事复述了一遍。

瓦格雷夫法官说：

“她倒是很坦白。我个人认为，她会那样做倒是一点儿也不奇怪。维拉小姐，请你说说，你觉得她有没有愧意，或者因为后悔而深感内疚呢？”

“根本没有。”维拉说，“她没有一丝悔意。”

布洛尔说：

“可真是个铁石心肠的老女人啊！这种不苟言笑的老女人，完全是出于嫉妒。”

瓦格雷夫法官说：

“现在的时间是十一点差五分钟，是时候请布伦特小姐来参加我们的会议了。”

布洛尔问：

“你们难道不想采取任何行动？”

法官说：

“我们现在能采取什么行动呢？就目前来看，我们对布伦特小姐仅仅是怀疑而已。不过，我想请阿姆斯特朗医生特别留意她的一举一动。好了，我们回客厅去吧！”

他们发现布伦特小姐和大家离开房间时一样，一动不动地坐在那把椅子上。从背后看过去没有任何异常，只是她似乎没有察觉到大家走进了这间屋子。

紧接着，人们看到了她的脸：面部充血，嘴唇乌青，双眼惊恐地瞪着。

布洛尔惊呼：“天哪，她死了！”

3

瓦格雷夫法官依旧冷静地说：

“我们又被他算计了一回——来得太迟了！”

阿姆斯特朗在尸体上方俯身检查，闻闻她的嘴唇，摇了摇头，又翻看死者的眼皮。

隆巴德的语气显得很不耐烦，他问：

“她是怎么死的？我们走的时候，她还坐在这儿好好的！”

阿姆斯特朗医生仔细地检查布伦特脖子右侧的一个小针眼，说：

“这是皮下注射器留下的针眼。”

窗边传来一阵嗡嗡声。维拉大叫道：

“你们看——蜜蜂——一只嗡嗡叫的大蜜蜂。想想我今天早晨说过什么！”

阿姆斯特朗医生不留情面地说：

“她不是被蜜蜂蛰死的！而是被人拿针管扎死了！”

法官问：

“她被注射了哪种毒药？”

阿姆斯特朗回答说：

“估计也是一种氰化物。没准儿是氰化钾，和安东尼·马斯顿一样。她很可能当时就窒息身亡了。”

维拉喊道：

“可是，这只蜜蜂不可能是凑巧飞来的吧？”

隆巴德冷冰冰地说：

“不，绝对不是巧合！明显是凶手为了增添恐怖色彩，精心安排了这出戏码！能干出这种事的家伙绝对是一头可怕的野兽！居然想把杀人情节安排得像那首该死的童谣一样！”

隆巴德的声音第一次变得这样不冷静，他几乎是尖叫着说出来的，连久经险境的野心家也终于承受不住了。

他愤怒地说：

“真是疯了——完全疯了——我们全疯了！”

法官仍旧很镇定。他平静地说：

“我希望大家保持冷静。请问，谁带来了皮下注射器？”

阿姆斯特朗鼓足所有力气，仍然犹犹豫豫地说：

“我带了。”

四双眼睛盯着他。他不得不故作镇定，面对一片敌视和怀疑的目光。

他说：

“我出门都会带注射器，当医生的大多数都是这样。”

瓦格雷夫法官平静地说：

“没错，不过请你告诉我们，注射器现在在哪儿？”

“就在我房间的小皮箱里。”

瓦格雷夫说：

“看来，我们得上楼去验证一下你的说法，可以吗？”

五个人一起走上楼，没有一个人说话。

大家把小皮箱里的东西都翻出来，摊放在地上。

可是，皮下注射器不在箱子里。

4

阿姆斯特朗激动地说：

“我的注射器肯定是被人偷走了！”

房间里一片寂静。

阿姆斯特朗背靠窗户，无力地站着。四双眼睛盯着他，满是怀疑和指责。他看看瓦格雷夫，又看看维拉，终于回过神，无助地说：

“肯定是有人把我的注射器偷走了。”

布洛尔看着隆巴德，隆巴德也正看着他。

法官说：

“这幢房子里只有我们五个人，其中一个是凶手。大家目前的处境极其危险。必须采取一切必要措施，保护四名无辜者的安全。我现在问你，阿姆斯特朗医生，你手里还有什么药？”

阿姆斯特朗回答说：

“我有一个小药箱，你们可以检查一下。有安眠药——药片—— 一包溴化物，还有面包苏打，阿司匹林。就是这些，没有别的了。我没有氰化物。”

法官说：

“我自己也带了一些安眠药——大概是磺基之类的。服用过量也会有危险。隆巴德先生，你带着一支手枪。”

隆巴德立刻反问道：

“那又怎么样？”

“我只是说说而已。我提议，我们把医生带来的药物，我自己的安眠药，隆巴德的手枪，以及其他药和武器之类的东西全都放在一起，集中存放在一个安全的地方。然后把我们每个人都搜查一遍，不仅要搜身，还要搜查财物。”

隆巴德说：

“想让我缴枪，门儿都没有！”

瓦格雷夫厉声说：

“隆巴德先生，你身材魁梧，体格健壮。不过，曾经当过警察的布洛尔也不弱。要是你们俩打起来，谁输谁赢我说不好。但是，我想告诉你，站在布洛尔这一边的除了我，还有阿姆斯特朗医生和维拉小姐。所以，我请你权衡一下，如果你以一对多，胜算究竟有多少。”

隆巴德昂起头，满口的牙齿都露了出来，他咆哮道：

“好啊！好极了！原来你们早就算计好了！”

瓦格雷夫法官点点头：

“你是个识趣的人。你把枪放在哪儿了？”

“在我床头柜的抽屉里。”

“很好。”

“我去拿。”

“还是我们都和你一起去比较好。”

隆巴德嘴角露出一丝轻蔑的笑意，依旧怒气冲冲地说：

“你们真是疑心的胆小鬼，不是吗？”

他们穿过走廊，来到隆巴德房间门口。

隆巴德三步并作两步走到床头柜旁边，一把拉开抽屉。

紧接着，他后退一步，大骂一声。

床头柜的抽屉里空空如也。

5

“你们满意了？”隆巴德问道。

他一丝不挂。另外三个男人把他的房间翻得底朝天。维拉在外面走廊里等他们。

按照计划，阿姆斯特朗、瓦格雷夫法官和布洛尔轮流接受搜查，搜查工作按部就班地完成了。

四个男人从布洛尔房间出来，向维拉走去。法官开口说：

“我希望你别见怪，维拉小姐，谁都不能例外，一定要找到那把手枪。你应该带了游泳衣吧？”

维拉点点头。

“好，请你回房间换上游泳衣，再回到这儿来。”

维拉回到自己的房间，关上门。不到一分钟，她走出来，穿着丝绸紧身游泳衣。

瓦格雷夫点了点头。

“不好意思，维拉小姐。请你在这儿等一会儿，我们进去检查你的房间。”

维拉耐心地在走廊里等着，几个男人搜完她的房间后，她又进屋换回便装。男人们在她门外等着。

法官说：

“现在大家可以确定一件事：我们五个人当中，谁都没有致命的武器或药物。这样大家也就放心了。现在，我们得把这些药放到一个安全的地方。厨房里是不是有一个存放银器的柜子？”

布洛尔说：

“你的主意不错，问题是，钥匙给谁？我猜应该是你吧？”

瓦格雷夫法官没有回答。

他径直走进厨房，其他人跟在他身后。厨房里有一个带锁的小柜子，专门存放银餐具。大家按照法官的意思，把各种药物都放在柜子里，上了锁。接着，又按照法官的主意把小柜子搬进一个大碗橱，再把大碗橱锁起来。随后，法官把小柜子的钥匙交给隆巴德，把大碗橱的钥匙交给布洛尔。

他说：

“你们两个的力气最大，谁也别想轻易抢到对方的钥匙。我们另外三个人也不可能从你们手中把钥匙抢过来。如果有人硬要砸开大碗橱或小柜子，不但会很费劲儿，而且必然会有响声，肯定会被其他人发现。”

他停了一下，继续说：

“我们面前仍然有一个非常严重的问题，隆巴德先生的手枪失踪了，这究竟是怎么回事？”

布洛尔说：

“我觉得，没人能比手枪的主人更清楚这是怎么回事了吧？”

隆巴德被他气得直喘粗气，闷声说：

“你这个该死的笨蛋！跟你说过了，我的枪被人偷了！”

瓦格雷夫问道：

“你最后一次看见那支手枪是什么时候？”

“昨天晚上。晚上我睡觉之前，它还在抽屉里。我是为了以防万一。”

法官点点头，说：

“那么，手枪失踪的时间应该是在今天早上大家忙着找罗杰斯的时候，或者是发现他尸体的时候。”

维拉说：

“一定是藏在屋子里的什么地方了。我们一定要找到它。”

瓦格雷夫法官摸着下巴，思索着。他说：

“能不能找到枪，我看很悬。我们的那位凶手有充裕的时间找个好地方把它藏起来。我可不奢望能一下子找到。”

布洛尔似乎十分有把握地说：

“我不知道手枪藏在哪儿，但我敢打赌，另外那样东西……那个皮下注射器的下落，我能猜个八九不离十。你们跟我来。”

他打开前门，领着大家绕着屋子转过去。在餐厅窗外不远处，他找到了一个注射器，旁边还躺着一个摔碎了的小瓷人。这是变成碎片的第五个小士兵。

布洛尔扬扬得意地说：

“只有可能出现在这里。凶手杀了她之后，打开窗户扔掉注射器，又从桌上拿起瓷人抛出去。”

注射器上没有指纹，指纹已经被人仔细抹掉了。

维拉的口吻非常坚决：

“现在我们去把枪找出来！”

瓦格雷夫法官说：

“好！但是记住，我们找枪的时候，谁也别单独行动。如果我们大家分开行动的话，凶手马上就能找到机会下手。”

他们聚在一起，从阁楼搜到地窖，没放过一个角落，但是一无所获。左轮手枪仍然下落不明。

第十三章

1

“我们其中一个人……我们其中一个人……我们其中一个人……”

这句话在他们的脑子里轰轰作响，一遍一遍重复着。

这五个人，是五个吓破了胆的人，互相监视着对方的一举一动，没有一个人顾得上客套的交谈，也顾不上掩饰自己紧张的心情。

五个人视彼此为敌人，但出于活命的本能又紧紧地靠在一起。

忽然，他们五个人的模样变了，身上的人性被恐惧稀释。劳伦斯·瓦格雷夫像一只谨小慎微的老乌龟，缩着脖子一动不动地坐着，只剩下一双机敏警觉的眼睛在转动。布洛尔的身体更加笨重，走路的样子很沉重，一步一个脚印，看上去像一只狗熊。他眼睛里布满血丝，模样蠢笨，但性格凶残，简直像一只被逼入绝境的野兽，随时准备扑向狩猎者。菲利普·隆巴德变得更加警觉，任何最轻微的声响也逃不过他的耳朵。他身体灵活，脚步轻盈，行动速度也变得更迅猛。他不时咧嘴笑笑，露出长长的白牙。

维拉·克莱索恩把身体缩在椅子里，默不作声，目光呆滞地望着前方，活像一只在玻璃上撞得筋疲力尽、被人攥在手心里的小鸟。她一动不动地呆坐着，以为这样是保全自己的最佳方式。阿姆斯特朗医生的神经已经濒临崩溃，他浑身发抖，两手止不住地哆嗦，一根接一根地点着烟，刚点燃又立刻把烟掐灭。神经脆弱的他显得比其他人更加焦虑不安，一想到自己无力改变目前的处境，口中便不时说出几句不着边际的话来。

"我们……我们不能干坐着，我们……得想办法做点儿什么……肯定得想办法。要不然我们点一堆篝火吧？"

布洛尔没好气地说：

"在这种天气点火堆？"

屋外，瓢泼大雨一刻不停，风暴的劲头一阵强过一阵。沉闷的雨声把他们逼得快发疯了。

大家不约而同地采取了一个办法。所有人都待在客厅里，一次只允许一个人离开房间，而且必须等这个人回来，才允许另一个人出去。

隆巴德说：

"暴风雨肯定会过去的，只不过是时间问题。到时候我们就可以行动了，比如发信号，点个火堆，绑一个筏子。"

阿姆斯特朗突然笑出声来：

“只不过是时间问题？是吗？我们哪儿还有时间？过不了多久，我们就都要死了——”

瓦格雷夫法官说：

“我们不会死的，但必须非常非常小心——”

他声音清晰，似乎因为下定了决心，语气显得异常沉重。

午餐照常进行，不过就餐地点不一样了。他们五个人来到储藏室里，在这里找到了一大堆罐头食品。他们打开了一个牛舌罐头，两个水果罐头，围在厨房里的一张桌子旁边草草吃完了事。

饭后，大家又一起回到客厅，坐在那里互相监视着。

此时此刻，不论脑中想的是什么事情，都转化成了病态、疯狂、不清醒的念头……

“肯定是阿姆斯特朗……他正斜着眼看我……那种眼神很不正常……他完全疯了……可能他根本就不是医生……没错，就是这样……他是个疯子，从某个医院逃出来……伪装成医生的样子……没错……我是不是应该把这个发现告诉其他人？要不然，我喊一嗓子算了？不，不，那样会打草惊蛇……他会装出一副无辜的样子……几点了……才三点一刻……哦，上帝，我自己都要疯了……没错，就是阿姆斯特朗……他又在看我……”

“我不会让他们控制我！这种情况我能应付……以前我也经历过各种险境……手枪到底在哪儿……被谁偷走

了……现在在谁手里……应该不会被谁带在身上……大家都被搜过身……没人带着手枪……但是有一个人知道手枪藏在什么地方……他们都要疯了……怕死……我们都怕死……我也怕死……但这并不能阻止死亡的脚步……‘灵车在门口守候了，先生。’我在什么地方听过这句话？那个姑娘……我得防着她。没错，我得防着她……”

“四点差二十分……才刚四点差二十分……是不是表停了……不明白……真的，我真是搞不懂……这种事不可能发生……可现在一切都变成了现实……为什么我们都被困在了梦里？醒过来吧……末日审判……不，不会的！只要我们还可以思考……我的脑子……我的脑子出毛病了……我的脑袋快爆炸了……爆炸……怎么会发生这种事……几点了？啊，天哪！才四点差一刻！”

“我必须冷静……必须冷静……只要保持冷静就没问题……这再清楚不过了……一切都是精心策划的。是谁呢？这是个问题……是谁？我觉得……对，是这么回事……哼，就是他！”

五点的钟声响起，大家几乎要从椅子上跳起来了。

维拉问：

“有人想喝茶吗？”

半天没有人回答，最后布洛尔说：

“我想喝一杯。”

维拉站起身来，说：

“我这就去泡茶。你们等一会儿。”

瓦格雷夫法官温和地说：

“亲爱的姑娘，我想我们大家希望能和你一起去泡茶。”

维拉先是愣了一下，然后歇斯底里地笑起来。一边笑一边说：

“当然了！你们当然要跟着我！”

五个人一起走进厨房。茶泡好以后，维拉和布洛尔各倒了一杯，其余三个人倒了威士忌——不但他们喝的酒是刚开封的，连用的虹吸管都是一盒没拆封的。

瓦格雷夫法官笑着说：

“我们不得不格外小心。”

大家又回到客厅。

现在虽然是夏天，但是房间已经暗下来了。隆巴德按了一下电灯开关，灯没亮。他说：

“罗杰斯不在，发电机也停了一整天。”他犹豫了一下，说，“我们可以把机器重新发动起来。”

瓦格雷夫说：

“我看见贮藏室里有一包蜡烛，干脆就点蜡烛吧！”

隆巴德走出去。其余四个人坐在客厅里互相监视。过了一会儿，他拿回一包蜡烛和几个烛碟，点燃五支蜡烛，放在客厅里。

此时是五点四十五分。

2

六点二十分时，维拉再也坐不住了。她头痛欲裂，想回房间用冷水洗洗脸。她站起来向门口走去，忽然又记起了什么，便走了回来。

她拿起一支蜡烛，点着后往一只盘子里滴了几滴蜡油，把蜡烛粘上，离开了客厅。门在她身后关上了，四个男人留在客厅里。她走上楼梯，沿着走廊向自己的卧室走去。

打开门的一刹那，她一下子呆住了。

她吸了吸鼻子。

闻到了海的气味，圣特里德尼克海的气味。

没错，她绝对不会记错。虽然士兵岛上到处是海腥味，但和她现在闻到的完全不一样。这是那天沙滩上的气味。落潮后的礁石上留下很多水草，已经晒干了。

“我能去那块礁石上吗，维拉小姐？”

“为什么不让我游到那块礁石那边呢，维拉小姐？”

真讨厌，这个哭哭啼啼、被宠坏了的孩子！

要不是因为他，雨果应该很富有……应该和他爱的女人结婚……

雨果……

一定是他……一定是他……雨果一定就在她身边……不，他正在屋里等着她呢……

她向前挪了一步。敞开的窗户里吹进来一阵冷风，烛火被吹得闪了几下，然后就熄灭了……

黑暗中，一阵恐惧突然向她袭来……

“别犯傻。”维拉暗暗安慰自己，“没什么可怕的，那四个人都在楼下，屋子里不会有别人了，也不可能有别人。这只是幻觉。”

但是那股气味，圣特里德尼克海滨沙滩的气味，却不可能是幻觉。

没错，屋里确实有人……

她听见响动，就在她站住仔细分辨声响的时候，一只冰凉湿冷的手一下子扼住她的喉咙。这只手湿漉漉的，散发着海的腥味……

3

维拉尖叫了一声，接着发出一阵阵恐怖的哀号，声嘶力竭地呼救。

她没有听到楼下传来的声音，一把椅子被撞翻了，门开了，人们急促的脚步声顺着楼梯传上来。她已经完全被恐惧淹没了。

直到门那边出现了跳跃的烛光，人们拥进屋子的时候，她才清醒过来。

“怎么回事？”“发生了什么？”“天哪，怎么搞的？”

她全身颤抖，往前挪了一步，一个跟头栽倒在地板上。

昏迷中，她感到一个人朝她俯下身，她的头被抬了起来。有人大叫一声："我的天哪，快看！"

她慢慢恢复了知觉，睁开眼，抬起头，看见几个人拿着蜡烛，正在检查什么东西。

天花板上悬着一条大水草，正来回摆动，碰到了她的脖子。这就是刚才那只从后面伸过来要掐死她的手，一只冰冷潮湿的死人手！

她发出一阵歇斯底里的狂笑。

"水草……原来是水草……是水草的气味……"她尖叫着。

她再一次感到晕眩和恶心。她的头也又一次被人使劲儿抬了起来。

仿佛过了很久，有人打算给她喝一些东西——有人把一只玻璃杯贴在她唇边——她闻到白兰地的气味。

就在她满心感激地准备一饮而尽时，突然打了一个寒战。脑子里的警铃突然大响。她坐起来，一把推开玻璃杯，不客气地问：

"这是哪儿来的酒？"

回答她的是布洛尔。他愣了一下才回答：

"是我从楼下拿来的。"

维拉喊道：

"我不喝这杯酒！"

几人沉默了足足有一分钟。隆巴德笑了，赞叹道：

“好样的，维拉！你的警惕性真高，人都被吓成这个样子，还能想起来这个。我这就去给你拿一瓶没有开封的酒来。”说着，他离开了房间。

维拉半信半疑地说：

“我好多了，只想喝水。”

阿姆斯特朗扶着她挣扎着站起身。她靠着医生，踉踉跄跄地走到洗脸池旁边，打开水龙头，接了一杯凉水。

布洛尔愤愤不平地说：

“那杯白兰地根本没有问题。”

阿姆斯特朗问：

“你怎么能肯定呢？”

布洛尔火药味十足地问：

“你想说我会往酒里下毒，是吧？”

阿姆斯特朗说：

“我没有说你一定往酒里加了东西。当然你有可能这么干，但也没准儿有其他人在这瓶酒里下了毒，正等着这样一个机会。”

隆巴德很快回来了，手里拿着一瓶没开封的白兰地和开瓶器。他把封着的瓶口往维拉面前一伸，说：

“给，我亲爱的姑娘，原封没动的酒。”他撕掉瓶口的锡箔，打开瓶塞，说，“这幢别墅里储存了不少酒。欧文先生真是热情周到。”

维拉浑身发抖。隆巴德往医生举着的杯子里倒了一些酒。

医生说："你最好喝下这杯酒，维拉小姐，你受到了惊吓。"

维拉啜了一小口，脸上有了点儿血色。

隆巴德笑着说：

"那么，刚才又发生了一起未遂的杀人事件。"

维拉魂不守舍地问：

"你的意思是，你认为这是预先安排好的，是吗？"

隆巴德点点头。

"他打算把你吓死！有的人真的会被吓死。是不是，医生？"

阿姆斯特朗狐疑地说：

"嗯，这要看具体情况。如果是一个年轻人，身体状况不错，没有心脏病，就不太可能被吓死。不过——"

他拿起布洛尔端来的酒，用手指蘸了蘸，小心翼翼地舔了一下，表情没有改变。他将信将疑地说："嗯，尝起来没问题。"

布洛尔恼怒地一步跨过来，说：

"如果你觉得我打算干这种事，我现在就把你的狗头打烂。"

一杯白兰地下肚，维拉在酒精的作用下完全清醒过来。她故意引开话题：

“瓦格雷夫法官在哪儿？”

三个人面面相觑。

“奇怪，他应该和我们一起上来了。”布洛尔说，“怎么回事，医生？你是跟在我后面上来的。”

阿姆斯特朗说：

“我还以为他跟在我后面，不过，他上了年纪，会走得慢一些。”

几个人你看看我，我看看你，愣了一会儿。隆巴德说：

“这太奇怪了——”

布洛尔喊道：

“我们得赶快去找他。”

他向门口走去，其他人跟在后面，维拉走在最后。下楼梯的时候，阿姆斯特朗回过头说：

“当然，他也可能待在客厅里。”

他们穿过客厅。阿姆斯特朗大声喊着：

“瓦格雷夫，瓦格雷夫，你在哪儿？”

没有人回答。除了淅淅沥沥的雨声，屋里死一般的寂静。

接着，阿姆斯特朗在小会客厅门口一下子僵立住。其他人一拥而上，站在他身后往小会客厅里张望。

不知是谁惊叫了一声。

瓦格雷夫法官坐在屋子另一头的高靠背椅上，身体两侧各摆了一只燃烧的蜡烛。最让这几个人感到害怕的是，法官头上戴着假发，身上裹着深红色的袍子……

阿姆斯特朗摆摆手，示意大家不要过去。他独自朝着一动不动、目光呆滞的法官走去，脚步踉跄，像喝醉了一样。

他走到法官面前，查看他毫无表情的脸。他的手碰了一下法官头上的假发，假发落在地板上，露出光秃秃的前额。法官前额正中有个红色的痕迹，正往下滴着什么……

阿姆斯特朗抬起法官的一只胳膊，摸摸他的脉搏，然后转过身来，语气沉重地说：

“他被人开枪打死了——”

布洛尔说：

“天哪——是那把左轮手枪？”

阿姆斯特朗的语气依然很沉重：

“他的脑袋被射穿，当场死亡。”

维拉俯下身去看了看那团假发，说：

“这是布伦特小姐不见的毛线——”她声音颤抖，充满了恐惧。

布洛尔说：

“袍子是浴室失踪的红窗帘——”

维拉喃喃道：

“他偷这些东西原来是为了干这个——”

隆巴德突然大笑起来，笑声尖锐刺耳，听起来非常做作。

“五个小士兵，同去做律师；皇庭判了死，五个只剩四。正是这位嗜血成性的瓦格雷夫法官的下场！他再也不会宣判别人的死刑了！也不用戴法官帽了！这是他最后一次坐在法庭上！不用再总结陈词，不会再把无辜的人送上刑场。此时此刻，如果爱德华·塞顿在场，他一定会开怀大笑！天哪，他一定会开怀大笑！”

他一口气说出的这番话，让其他人都听傻了。

维拉喊道：

“今天早上，你不是还说他就是杀人凶手吗？”

隆巴德的脸色大变。他冷静下来，小声说：

“是啊，我是说过……看来我错了。我们之中又有一个人通过死来证明自己是无辜的——又迟了一步！”

第十四章

1

他们把瓦格雷夫法官的尸体抬进他的房间，放在床上。

接着，他们回到客厅，站在那儿面面相觑，手足无措。

布洛尔沮丧地问：

“我们现在干点儿什么？”

隆巴德轻松答道：

“吃点儿东西。人总要吃饭，不吃饭可不行。”

他们再次走进厨房，打开一个牛舌罐头，囫囵吞下，味如嚼蜡。

维拉说：

“我以后再也不吃牛舌了。”

吃过这顿饭，大家围坐在餐厅的桌子旁，愣愣地看着彼此。

布洛尔说：

“现在只剩我们四个了……下一个该轮到谁？”

阿姆斯特朗睁大眼睛，毫不犹豫地说：

“我们必须格外小心——”他忽然不说了。

布洛尔点点头。

“这正是法官说过的话……可是他已经死了！”

阿姆斯特朗说：

“真奇怪，凶手到底是怎么做到的？”

隆巴德咒骂道：

“凶手的手段真是狡猾毒辣！那条海草是故意放在维拉小姐房间里的。我们上了当，以为有人想杀她，就冲上楼去救她。于是，凶手趁乱开枪把老法官打死了。”

布洛尔说：

“当时为什么没有人听到枪声？”

隆巴德摇摇头。

“那时维拉小姐在尖叫，屋外风声也很大，而且当时我们正在跑来跑去，大喊大叫。不可能听到枪声。”他停了一下，说，“但是，他不可能重复运用同一种作案手法。下次别想再耍这种花样了。”

布洛尔说：

“他也许会试试其他办法的。”他的语气明显不太愉快。两个人都斜着眼睛看着对方。

阿姆斯特朗说：

“我们有四个人，可我们不知道哪一个……”

布洛尔说：

“我知道……”

维拉说：

“我毫不怀疑……”

阿姆斯特朗慢慢地说：

“我想我确实知道……”

隆巴德说：

“我有个非常好的主意……”

他们又互相望着……

维拉摇摇晃晃地站起来，说：

“我有些难受，想去睡觉了，我感到筋疲力尽。”

隆巴德说：

“最好都去睡觉。坐在这儿互相盯着看也无济于事。”

布洛尔说：

“我同意……”

医生喃喃地说：

“最好如此——但我不知道有谁能睡得着。”

他们向门口走去。

布洛尔说：

“我真想知道那把手枪到底在哪儿……”

2

四个人走到楼上。

接下去的动作像是喜剧画面。

四个人齐刷刷地伸手抓住自己房间的门把手。然后，仿佛有人一声令下，每个人都踏进房间，关上门。接着是一阵插门闩、上锁和移动家具的声音。

四个吓得魂飞魄散的人，把自己反锁在屋子里等待天亮。

3

菲利普·隆巴德搬起一把椅子抵住门，然后转过身来长舒了一口气。

他慢悠悠地走到梳妆台的镜子前，借着闪烁的蜡烛光，好奇地看着镜中的自己。

“是啊，这次的事真是格外棘手。”他低声说。

他忽然笑起来，表情像狼一样，笑容一闪而过，他迅速把衣服脱掉，走到床边。

他把手表放到床头柜上，打开抽屉。

突然，他愣住了，呆呆地望着抽屉，那把失而复得的手枪静静地躺在里面……

4

维拉躺在床上，蜡烛仍然在她身边亮着。

她不敢吹灭蜡烛，她害怕黑暗……

她反反复复地对自己说：我肯定没事的，到明天早上都不会有事，昨天晚上我好好的，今天晚上也不会有事。

我不会有麻烦的，门已经关好了，还上了锁。没有人能接近我……

她突然想：对，我可以待在这里不出去！待在锁好门的房间里，等着别人来救我。即使待上一整天、甚至待上两天也没关系。

可是，我能一直这样等下去吗？一个钟头又一个钟头——没有人和我说话，没有事情可做，除了回忆……

她开始回想西里尔——回想起雨果——回想起她对西里尔说的话。

西里尔真是个讨厌的孩子，总是哭，还总缠着她……

“维拉小姐，我为什么不能游到礁石那边？我能游过去，真的，我能。”

回答西里尔的那个人，是她自己吗？

“你当然能了，西里尔。真的，我相信你能游过去。”

“那么，你同意让我游过去了，维拉小姐？”

“西里尔，你听我说，我觉得你妈妈担心过头了。明天我在沙滩上和你妈妈聊天，吸引住她的注意力，然后你就可以趁机游到礁石那儿去了。等她找你的时候，你可以站在礁石上向她挥手！她肯定会大吃一惊！”

“太好了！你真是大好人，维拉小姐！这一定很好玩儿！”

话已至此。明天！明天雨果就要去纽基了，等他回来，一切都过去了。

是的，可是如果西里尔没有死呢？假如中间出了别的状况呢？西里尔可能被别人及时救起来。到时候他肯定会说："是维拉小姐让我游过去的。"那该怎么办？凡事总会有风险。如果没成功，她就死也不承认。"西里尔！你怎么能说谎呢？我从来没这么说过。"别人一定会相信她。西里尔经常编故事。大家都知道他不是那种老实的孩子。西里尔心里当然知道这是怎么回事，不过这都不要紧……按理说，应该不会出什么差错。到时候，她假装游过去追他，但是追不上了……没有人会怀疑她……

雨果怀疑她了吗？难道雨果正是因为对她心存疑问，才用那么奇怪又陌生的目光看着她吗？雨果知道了吗？

难道雨果正是因为知道了真相，才在审讯之后仓促离开她吗？

甚至都没有给她回信……

雨果……

维拉辗转反侧。不，不，她不能继续回忆雨果的事。这件事太令人伤心了。一切都过去了，过去了……一定要把他忘记……

今天晚上，她为什么突然觉得雨果也在这间屋里呢？

她望着天花板，天花板中央有个黑色的大钩子。她之前根本没有发现这个钩子。刚才那些海草就是挂在这个钩子上，垂下来……

她一想起海草碰到脖子上那种冰冷黏湿的感觉，就不由得浑身一颤……

她讨厌天花板上这个大钩子，它吸引你的目光，迷惑你的大脑……黑色的大钩子……

5

布洛尔坐在床边。他的一双小眼睛红通通的，布满血丝，闪烁着警惕的光芒。他的样子就像一头随时准备进攻的野猪。

他没有一丝困意。

危险正在一步步逼近……一共十个人，六个人都已经死了！

尽管老法官那么狡猾机警，凡事格外小心谨慎，最后还是跟其他几个人一样，死得那么惨。

布洛尔心存侥幸地皱了皱鼻子。

那个老家伙说什么来着？

“我们必须格外小心……”

这个自以为是的伪君子。他以为高坐在法庭之上，自己就是上帝了。现在他被处决了，再不用格外小心了。

只剩下我们四个人了。那个女孩，隆巴德，阿姆斯特朗和他自己。过不了多久，他们之中有人就要死了……但绝对不是他亨利·布洛尔。

（可是那支手枪……手枪现在在哪儿？这确实让人担

忧……手枪！）

布洛尔坐在床上，皱着眉头，眼睛眯成了一条缝，苦苦思考手枪的事。

楼下的时钟滴答走动，发出的声响在寂静中显得格外清晰。

午夜时分。

他紧张的心情终于松弛下来，终于躺到床上，但仍是和衣而卧。

躺在床上，他继续思考，把整个事情经过逐一回想，不漏掉一个细节，就像他在警察局办案的时候似的。他知道，如果要找到头绪，就必须先把整个事情经过想明白。

蜡烛将要燃尽。他看到火柴就在手边不远处，于是把蜡烛吹灭了。

奇怪的是，他发现黑暗并不能使他平静，沉睡了几千年的恐惧似乎瞬间复活，想要主宰他的大脑。各种面孔在他眼前浮动。法官戴着可笑的灰色假发的模样，罗杰斯太太那张冰冷的毫无生气的脸，安东尼·马斯顿那张扭曲发青的脸。

还有一张苍白的脸，戴着眼镜，长了褐色的小胡子。

他见过这张脸，但是在什么时候？肯定不是在这座小岛上。不，是很久以前的事了。

奇怪，他竟然不记得这个人的名字了……长相这么愚蠢，看上去是个笨蛋。

想到了！

他猛然想起来。

兰道！

他居然完全忘记了兰道的样子。昨天他还努力回忆这个人的长相，可怎么也想不起来。

现在他自己出现了，那么真切，仿佛不久以前他还见过这人似的。

兰道有个妻子，一个身材瘦削、面带愁容的女人。他还有一个孩子，一个十四岁左右的女儿。他第一次想到兰道的遗孀和孩子。

（手枪，手枪到哪儿去了？这个问题更重要。）

他越想越乱，手枪这事完全想不通。

说不定是哪个人把枪拿走了。

楼下时钟敲了一响，布洛尔的思绪中断了。他心里一惊，从床上坐了起来。他听到一个声音，一个非常轻的声音，是从房间外什么地方传来的。

有人在黑暗中走动。

他额头直冒冷汗。会是谁？是谁悄悄地沿着走廊走动？他确定这个人一定没安好心！

布洛尔虽然身材粗壮，但行动非常灵活。他无声无息地溜下了床，两步蹿到门口，站在那儿屏息聆听。

可是楼道里的声音消失了。不过他坚信自己刚才没有听错，确实有人从他门口走过去。这让他毛骨悚然，恐怖再次袭来。

有人在夜里偷偷地活动。

他听到了。虽然只响了一阵就消失了。

他脑子里闪过一个新想法。他想不顾一切地冲出去查个究竟，只要能看清是谁在黑暗中活动就行。

但是，现在把门打开无疑是愚蠢的行为，说不定这正是那个人所希望的。凶手肯定已经料到了布洛尔听到声音后会开门。

布洛尔一动不动地站着，仔细听。现在，他能听到各种各样的声音。树枝折断的声音，树叶飒飒作响的声音，还有一种神秘的低语声。

忽然，他听到非常轻、非常小心的脚步声，声音虽轻但依旧隐隐可辨。

脚步声越来越近——和他的房间相比，隆巴德和阿姆斯特朗的房间离楼梯口更远——脚步没有在他门口停留，直接过去了。

布洛尔心一横，决定出去看看。

脚步声清晰地从他门口经过，走向楼梯。这人要到哪儿去？

布洛尔体型粗笨，行动却格外敏捷。他蹑手蹑脚地走回床边，把火柴塞进衣兜，拔下床头灯的插销，把电线缠在灯上，当做一件称手的武器。

他迅速走回门口，悄悄搬开门后的椅子，小心地拧开锁，拉开门。他在走廊里站了片刻。楼下客厅里传来一阵窸窸窣窣的声音。布洛尔光着脚跑到楼梯口。

直到这时，他才恍然大悟，他能把所有声音都听得那么清楚，是因为风已经停了，夜空放晴。微弱的月光透过楼道里的窗户，照亮了楼下的客厅。

突然，一个黑影穿过大门，消失在屋外。

布洛尔刚要追下楼，马上又站住了。

他差点儿就当了猎物！或许那个人没想到犯下的失误把自己完全暴露了。

此时此刻，楼上住了人的三个房间当中必定有一间是空的！现在要做的就是查出哪个房间是空的，真相就大白了。

布洛尔迅速回到走廊。

他先来到阿姆斯特朗的房间门口，站住，敲了敲门，没有回答。

稍等片刻，他又来到隆巴德门口。

这次，屋里立刻传来声音。

“是谁？”

“是我，布洛尔。我觉得阿姆斯特朗现在没在屋里。稍等一下。”

他又走到走廊尽头那扇房门前，敲了敲门。

“维拉小姐，维拉小姐。”

维拉惊恐的声音传来：

“谁在外面？什么事？”

“别怕，维拉小姐，等一等，我马上就来。”

他来到隆巴德门口。门开了，隆巴德站在那儿，睡衣塞在裤子里面，左手举着一根蜡烛，右手插在睡衣口袋里，警惕地问：

“出了什么见鬼的事？”

布洛尔急忙把他发现的事情解释了一遍。隆巴德眼睛一亮。

“阿姆斯特朗，是吗？这么说他就是我们要找的凶手，这个该死的家伙！”

他走到阿姆斯特朗门口。

“对不起，布洛尔，我不能轻信任何事。”

他重重地敲了几下房门。

“阿姆斯特朗，阿姆斯特朗。”

没人回答。

隆巴德跪在地上，从钥匙孔往里窥视了一下，然后谨慎地把小手指伸进锁孔。他说：

“钥匙不在门里面。”

布洛尔说：

“也就是说，他从外面把门锁上，带走了钥匙。”

菲利普点点头，说：

“他很谨慎。走，我们去找他。这次不用费吹灰之力就能抓住他。”

他朝着维拉的房间喊道：

“维拉。”

“什么事？”

“我们去抓阿姆斯特朗，他跑出去了。无论如何都别开门，明白吗？”

“好的，我明白。”

“如果阿姆斯特朗回来，说我或者布洛尔死了，你不要相信，明白吗？除非我和布洛尔一起回来，否则千万别开门。明白吗？”

维拉说：

“明白，我没那么傻。”

隆巴德说：

“那就好。”

他走回来对布洛尔说：

“我们得跟上他！快！”

布洛尔说：

“我们最好当心些，别忘了，他手里有一支枪。”

隆巴德乐着跑下楼梯。他说：

“这你可错了。”

打开大门的时候，他说：

“你看，大门的插销推了进去，他打算回来的时候能够方便些。”又说，“那支枪已经回到我这里了。”

他一边说，一边把手枪从衣袋里抽出一半。

“昨天晚上我在抽屉里找到的。”

布洛尔猛地停在门口，脸色大变。

隆巴德意识到了，不耐烦地说：

“别紧张，布洛尔！我不会对你开枪的！你要是害怕，现在就可以回去，把自己锁在屋子里。我自己去找阿姆斯特朗！”

他冲进外面的月色中，布洛尔犹豫了一会儿，也跟了出去。

他想：

“反正我也想搞清楚，况且——”

况且之前他对付过拿着手枪的罪犯。

布洛尔可能缺少别的品质，但是绝对不缺乏勇气。遇到危险，他会毫不犹豫地迎难而上。对于现实中的危险他从不退缩，他只怕装神弄鬼的东西以及不知从何而来的威胁。

6

维拉留在房里等待结果。她起身穿好衣服，看着房门。

房门非常结实，反锁着，插上了插销，门把手下面顶着一把橡木椅子，不可能从外面撞开。

门很结实。阿姆斯特朗身体并不强壮，不可能破门而入。如果阿姆斯特朗想害人，一定是用诡计陷害他人，而不是简单使用暴力。

她不知所措地坐在那儿，设想阿姆斯特朗可能采用的各种手段。

他很可能像隆巴德分析的那样，骗她说他们俩当中的一个死了。说不定会假装受了重伤，呻吟着爬到她门口。

也许还有其他各种可能。比如骗她说房子着火了。这很有可能。他把那两个人诱出房子，然后在房子周围洒上些汽油，把房子点着。她就像个白痴一样，把自己锁在房间里等死。

维拉走到窗口向外看。还好，幸好附近有一个花坛。迫不得已的时候可以从窗户逃命。不过肯定要摔一跤。

她坐下来，拿出日记本，反正要打发时间，她用清晰秀丽的字体写起了日记。

突然，她浑身一紧，她听到一个声音，似乎有人把楼下什么地方的玻璃打碎了。

但当她竖起耳朵仔细听的时候，动静又消失了。

她听见很多声音，也许是幻听，鬼鬼祟祟的脚步声，吱吱嘎嘎的踩楼梯的声音，窸窸窣窣的衣服摩擦声。她不能确定声音是真是假。和刚才的布洛尔一样，她不知道这些声音是真的，还是纯粹出于自己的想象。

就在这个时候，她听到一种实实在在的声音。

有人迈着坚定的脚步登上了楼梯，一边走一边低声说话。一扇门打开又关上。接着有人走到顶楼，顶楼上发出更多的声响。最后，脚步声沿着走廊向她的卧室走来。

隆巴德的声音在门外响起，说：

“维拉，你没事吧？”

“没事，外面发生了什么事？”

布洛尔的声音说：

“能让我们进去吗？”

维拉走到门边，搬开椅子，拧开锁，拉开门闩，打开门。两个人气喘吁吁地走进来，脚和裤腿都湿淋淋地滴着水。

她又问了一次：

“发生什么事了？”

隆巴德说：

“阿姆斯特朗失踪了。”

7

维拉大叫道：

“什么？”

隆巴德说：

“阿姆斯特朗从这个岛上消失了。”

布洛尔说：

“消失——这个词用得好，像变魔术一样，消失了。”

维拉不耐烦地说：

"不可能！他一定是藏在哪儿了！"

布洛尔说：

"不，不会的！我向你保证，这个岛上没有能藏身的地方，到处都光秃秃的。今天夜里的月光照得像白天似的，非常亮，可就是找不到阿姆斯特朗。"

维拉说：

"他是不是又回到屋子里来了？"

布洛尔说：

"我们也这么想过，所以刚刚又搜了一遍。不过，你肯定也听到了，他不在屋子里，他不见了，彻底失踪了……"

维拉满腹狐疑：

"我不信。"

隆巴德说：

"亲爱的，这是真的。"

他停顿片刻，说：

"我们还发现了另一件事。有人把餐厅的窗户打碎了，桌子上只剩下三个小瓷人了。"

第十五章

1

三个人在厨房里吃早餐。

外面，太阳升起，阳光照耀着士兵岛。天空晴朗。风暴已经过去了。

随着天气的改变，被困在岛上的人们的心情也发生了变化。

他们像是刚刚从噩梦中醒来。危险确实存在，但阳光下的危险显然和昨晚不同。昨天狂风大作时那种像厚毛毯一样压得他们一动都不敢动的恐惧感，此时已经烟消云散。

隆巴德说：

“今天，我们可以在岛的最高处借助镜子反光发信号，但愿能有正在峭壁上待着的家伙发现我们的求救信号。晚上我们还可以点一堆篝火，不过我们没剩多少柴火了，就怕别人以为我们是在唱歌跳舞，尽情狂欢。”

维拉说：

“肯定有人懂莫尔斯电码，等不到天黑我们就能得救。”

隆巴德说：

“天倒是晴了，不过海面可没完全平静下来。海浪很大。明天天亮之前，对岸的船没法在这个岛靠岸。”

维拉叫道：

“难道还要在这个岛上熬一宿？”

隆巴德耸耸肩膀，说：

“我们还是面对现实吧。再有二十四个小时，就熬过去了。坚持，就是胜利。”

布洛尔清清嗓子，说：

“我们最好搞清楚，阿姆斯特朗究竟出了什么事。”

隆巴德说：

“首先，我们已经有了一个证据，餐桌上只剩下三个小瓷人。这么看来，阿姆斯特朗已经不在人世了。”

维拉说：

“但是，我们为什么没找到他的尸体呢？”

布洛尔说：

“说得对。”

隆巴德摇摇头说：

“真他妈的怪了，我想不通。”

布洛尔一头雾水，说：

“可能他的尸体被扔到海里了。”

隆巴德语气严厉地问：

“谁扔的？你还是我？是你看见他从前门出去了，回来在我房间里找到我。然后我们一起出去找他。我不可能有时间杀死他，再背着他的尸体在岛上转。”

布洛尔说：“我听不懂。但我知道一件事。”

“什么事？”隆巴德说。

布洛尔说：

“那支手枪，你那支手枪。现在枪在你手里。这支手枪可能一直都在你手里。”

“我说，布洛尔，我们一个一个都被搜查过了。”

“是的，你可能事先把枪藏了起来，事后又立刻取回来。”

“傻老兄，我发誓它是被别人放进我抽屉里的。我从来没像在抽屉里发现这把枪的时候那样吃惊。”

布洛尔说：

“你想让我相信这种鬼话？无论是阿姆斯特朗，还是别的人，为什么要把枪物归原主？”

隆巴德无可奈何地耸耸肩膀：

“我也不明白。这是疯子干的事，是世界上最难猜的、毫无道理的事。”

布洛尔表示赞同：

“没错，确实没道理。你应该编一个好一点儿的故事。”

“而不是告诉你事实，是吗？”

“我没觉得你说了实话。”

“你当然不觉得。”隆巴德说。

布洛尔说：

“听着，隆巴德先生，如果你是一个好人，你现在装成这样——”

隆巴德嘲讽道：

“我什么时候自称好人了？我可从来没这么说过。”

布洛尔不肯放过他：

“如果你说的是真话，那么只有一个办法可行。你拿着手枪就意味着维拉小姐和我都被你掌控了。公平的办法是，你把手枪和那几样东西一起锁起来，你我各拿一把钥匙。”

菲利普·隆巴德点着一支烟，一边吐着烟，一边说：

“你别做梦了。”

“你不同意吗？”

“我不同意。枪是我的，我要用它自卫，随身带着。”

布洛尔说：

“这样说的话，我们就不得不下一个结论了。”

“什么结论？我就是凶手欧文？随你的便。可我问你，假如我是凶手，为什么我昨天晚上不用枪打你？我可有二十次以上的机会。”

布洛尔摇摇头，说：

“尽管我不明白，不过此话不假。你一定有其他原因。”

维拉一直没有发表意见。她心里一震，说：

“你们就像两个白痴。”

隆巴德看了看她。

“什么意思？”

维拉说：

“你们不记得那首童谣了吗？你们难道没发现，这里还有一条线索？”

她意味深长地背诵：

“四个小士兵，结伴去海边；青鱼吞下腹，四个只剩三。”

她继续说：“青鱼吞下腹，这是一条很重要的线索。阿姆斯特朗并没有死。他把小瓷人拿走了，让我们误以为他已经死了。不管你们怎么想，我认为阿姆斯特朗还在这岛上。他正是一条青鱼[1]，为了掩人耳目。”

隆巴德又坐下来。他说：

“也许你说得对。”

布洛尔说：

“对啊，要真是这么回事，他躲到哪儿去了？我们里里外外都搜了一遍，每个角落都翻遍了。”

维拉讥讽道：

①烟熏青鱼是一句英语谚语，意思是掩人耳目的事物。

“我们之前找那把枪的时候，不也是里里外外都翻了一遍吗？结果找到了吗？枪一直藏在某个地方！”

隆巴德嘟囔道：

“亲爱的，人和枪在体积上可差不少呢。”

维拉说：

“我不管，我相信自己的判断。”

布洛尔嘟囔着：

“也就是说，他自己藏了起来，对吗？歌谣上确实提到一条青鱼，但也没说明白具体是怎么回事。”

维拉喊道：

“难道你还不明白？他就是个疯子！每一起凶杀案都按照童谣里描写的那样，按顺序发生。这恰恰说明他疯了！他把法官打扮成那个样子，趁罗杰斯劈柴时砍死他，让罗杰斯太太吃毒药一睡不醒，杀死布伦特小姐的时候放出一只蜜蜂！他就像一个可怕的孩子在和我们做游戏，每一个环节都严丝合缝。”

布洛尔说：

“没错，你说得很对！”他想了想说，“可是岛上并没有动物园，下一个人不会让他那么顺利地下手了。”

维拉喊道：

“难道你们看不出来吗？我们就是动物……从昨天晚上开始，我们已经不是人了。我们就是一群动物……”

2

他们在峭壁上待了一上午，轮流用一面镜子向对岸发求救信号。

没有人看到他们发的信号，更没有人回应。

白天的天气非常好，只有一些薄雾。大海波涛汹涌，海面上看不见一艘船。

他们又对整座小岛做了一番搜查，但一无所获。没有发现失踪的阿姆斯特朗。

维拉抬头望了望房子，说：

“我在屋外反而觉得更安全，至少是在光天化日之下。我们不要回房子里去了。”她的声音有些哽咽。

隆巴德说：

“你说得对，我们待在这儿挺安全，一切都在我们视线范围之内，没人能偷偷摸摸地靠近我们。”

维拉说：

“我们都待在这儿吧。”

布洛尔说：

“可是到了晚上，得找个地方睡觉啊，到时候还得回房子里去。”

维拉吓得抖了一下，说：

“我受够了，说什么我也不在那房子里过夜了。”

隆巴德说：

“锁上门，你会很安全的。”

维拉低声说：

“我喜欢这样。”她张开手臂，喃喃地说，“太好了——能重见阳光……”

她心想，奇怪，我现在居然能感到快乐，但是我并没有摆脱危险……怎么回事？现在我似乎对什么都无所谓了。白天的我对什么都不在乎了，只觉得自己充满力量。我不能死……

布洛尔看了看表，说：

“两点了，午饭怎么办？”

维拉固执地说：

“我不打算回屋里，我要待在这儿——待在太阳底下。”

“来吧，维拉小姐，你得吃点儿东西才有力气。”

维拉说：

“我只要一看到牛舌罐头就恶心。我什么都不想吃。有人节食的时候也可以几天不吃东西。”

布洛尔说：

“好吧，我可得按时吃饭。你呢，隆巴德？”

隆巴德说：

“我对罐头食品本来也不感兴趣，我和维拉小姐留在这儿。”

布洛尔有些犹豫。

维拉说：

“我不会有事的。我不相信你刚一转身，他就会开枪打死我，假如你是担心这个的话。”

布洛尔说：

“这就好。但是我们说好了不要分开。”

隆巴德说：

“你是准备深入险地了？需要的话我奉陪。”

“不，你不用去，”布洛尔说，“你留在这儿吧。”

隆巴德笑了。

“这么说你对我还是不放心，是吗？如果我愿意，这一分钟足以开枪打死你两次。”

布洛尔说：

“你说得没错，但那就打乱了童谣的顺序。一次只能杀死一个人，而且需要按照特定的方式。”

“嗯，”隆巴德说，“看来你对这儿的规则很清楚！”

“当然，”布洛尔说，“我一个人到屋子里去，多少有些不自在。”

隆巴德和颜悦色地说：

“因此，我是不是应该把手枪借给你？回答是：不，我不借。没得商量。”

布洛尔耸耸肩，爬上陡壁，朝房子走去。

隆巴德低声说：

“动物喂食时间到！动物们都非常遵守生物钟。”

维拉焦虑地说：

“他这么做太冒险了吧？”

“我和你想得不一样，我觉得布洛尔不会有什么危险。阿姆斯特朗没有武器，布洛尔在体力上能敌过两个他。而且他非常警惕。阿姆斯特朗绝对不可能在房子里藏着。我知道他不在那儿。”

“那……你是怎么想的？”

隆巴德轻轻地说：

“布洛尔就是凶手。”

“哦，你真的认为——”

“你听到布洛尔是怎么说的了。按照他的说法，你肯定相信我和阿姆斯特朗的失踪不可能有任何关系。他的故事把我的嫌疑完全撇清了，却不能撇清自己。我们只能听他的一面之词，他说自己听见脚步声，看见一个黑影走下楼，从前门跑了出去。也许这些话都是他编的。也许，他在两个小时之前就把阿姆斯特朗杀了。”

“他是怎么做到的？”

隆巴德耸耸肩。

“我怎么知道，如果你要问我谁是凶手，现在我们面临的麻烦只有一个，那就是布洛尔！我们了解他吗？一无所知！这个家伙的故事都是瞎编的！他本人的身份也不真实。也许他是个精神失常的百万富翁，或者是一个发疯的商人，还没准儿是从布罗德摩尔监狱跑出来的逃犯。但有一件事是肯定的，每一个人都可能是他杀的。”

维拉脸色苍白，说话都有些喘不上气了。

“假如他要对……我们——”

隆巴德拍了拍口袋里的枪，低声说：

“我会注意他的一举一动，让他给我乖乖的。”

然后他好奇地盯着维拉。

“你相信我吗，维拉？你相信我不会对你开枪吗？”

维拉说：“我必须相信别人——其实，我不赞同你对布洛尔的看法。我还是觉得凶手是阿姆斯特朗。”

她忽然把头转过来，说：

“你不觉得有人一直在监视我们，等待下手的机会吗？”

隆巴德慢慢地说：

“那是因为我们太紧张了。”

维拉急切地说：

“这么说你也感觉到了？”她打了个寒战，往隆巴德身边凑了凑。

“告诉我，这不是真的。”停顿一下，她继续说，“有一次，我看到一个故事，说两个自称是最高法院法官的人来到一个美国小镇。他们伸张正义，替天行道。后来大家发现，他们根本就不是这个世界的人。”

隆巴德眉毛一挑，说：

“天堂派来的执法者，是吗？不，我不相信这种超自然的事。我相信都是人做的。”

维拉低声说：

“有时候……我怀疑……”

隆巴德看着她说：

“这是因为你的良心作祟。”

沉默了片刻后，他又平静地加了一句：“这么说，确实是你把那个孩子淹死了？”

维拉生气地说：

“我没有！不是我！你没权利这样说。”

隆巴德轻松地笑着。

“看来没错，你把那孩子淹死了。我不知道你为什么那么做，也想象不出来你这样做的原因。是因为一个男人，对吗？”

维拉忽然觉得浑身无力，她虚弱地说：

“是的，因为一个男人……”

隆巴德轻声说：

“谢谢。这正是我想知道的——”

维拉一下子坐起来，喊道：

“怎么回事？是不是地震了？”

隆巴德说：

“不，不会。但是有点儿奇怪，地面晃了一下。我以为是……你刚才听到有人喊吗？我听见了一声。”

他们往屋子的方向看了看。

隆巴德说："声音是从那边传过来的。我们最好上去看看。"

"不，我不去。"

"随便吧，我自己去。"

维拉无奈地说：

"那好吧，我和你一起去。"

他们向别墅走去。阳光洒在露台上，给人一种宁静祥和的感觉。

他们踌躇了片刻，没走前门，而是小心翼翼地绕着房子走。

他们找到了布洛尔。他的头被一大块白色大理石砸得血肉模糊，双臂张开，趴在房子东边的石阶上。

隆巴德抬头望了望，问：

"正上方是谁的房间？"

维拉战战兢兢地回答：

"是我的。我想起来了，这个大理石座钟是放在我房间的壁炉上的。大理石被雕刻成一只……一只熊的样子，"她声音发抖，咕哝着，"一只熊……"

3

隆巴德抓住维拉的肩膀，急切地说：

"真相大白了，阿姆斯特朗一定藏在屋里。我进去抓他。”

维拉拽住他不放，喊着：

“别傻了，现在只剩我们俩了！马上就轮到我们了。他正等着我们去找他呢！他巴不得我们自己进去！”

隆巴德停下脚。沉思道：

“你说得有道理。”

维拉喊着：

“至少你应该承认，我说对了。”

他点点头。

“是的，你赢了！是阿姆斯特朗，绝对是他。但是他藏在哪儿呢？我们把这个地方里里外外都搜过一遍。”

维拉着急地说：

“如果你昨天夜里没找到他，现在也找不到——这是起码的常识。”

隆巴德有些不情愿地说：

“是，不过——”

“他肯定事先准备好了一个密室，没错，这正是他要做的。他找了一个像老宅密室一样的地方藏起来了。”

“这幢房子并不是老宅子。”

“他可以让人给他修一间。”

隆巴德摇摇头，说：

“我们仔细量过这幢房子——就在上岛的第二天早上。我确定当时没有查出面积不合理的房间。”

维拉说：

“肯定有——”

隆巴德说：

“我倒要进去看看！”

维拉喊道：

“你想进去看看，好啊，他也料到你想进去！他就在屋里等着你，等你进去送死。”

“我还有这个。”隆巴德一边说，一边把手枪从兜里抽出了一半。

“你刚才还说布洛尔出不了事。阿姆斯特朗绝不是他的对手。他比阿姆斯特朗强壮，而且非常警惕。但是，你似乎没明白，阿姆斯特朗是个疯子！一个疯子永远占尽上风，他比正常人要狡猾好几倍。”

隆巴德把手枪放回口袋里，说：

“那好，我们走吧。”

4

最后，隆巴德问：

“我们晚上怎么办？”

这一次，维拉没有回答。隆巴德没好气地问：

“你没想过这个问题吗？”

维拉绝望地说：

“我们能怎么办？哦，天哪，我好怕。”

隆巴德沉思着说：

“今天天气很好。晚上一定有月亮。我们在悬崖那边找个地方坐一晚上，等着天亮。我们绝不能睡觉，要时刻保持警惕。万一有人爬上来，我就开枪！”

他停了一下，接着说：

“也许你会冷，你的衣服很薄。”

维拉哑着嗓子笑了笑：

“冷？如果我死了，恐怕会更冷吧。”

隆巴德说：

“说得没错。”他的语气很平静。

维拉难受地挪动着身子。她说：

“如果继续坐在这儿，我真要疯了。我们走一走吧。”

“好吧！”

他们沿着能够俯瞰大海的岩石走来走去。

夕阳西沉，即将落到海平面以下。金色的光芒绚烂夺目。他们俩沐浴在金色的余晖中。

维拉突然神经质地笑了起来，说：

“好可惜啊，我们不能洗个海水浴——”

隆巴德望着脚下的大海，突然打断了她，说：

“你看，那是什么？那边？看见了吗？在那块礁石旁边。靠右一点儿的位置。”

维拉顺着他指的方向看过去，说：

“好像是谁的衣服？”

“像一个游泳的人！”隆巴德笑着说，“真奇怪，我估计是一堆水草。”

维拉说：

“我们过去看看。”

“是衣服，”走近之后，隆巴德说，“是一堆衣服，还有一只靴子。快，从这儿爬过去。”

他们踩着几块礁石跳过去。

维拉突然停住了。她说：

“那不是衣服，是一个人——”

那个人被潮水冲过来，夹在两块岩石中间。

隆巴德和维拉跳上一块礁石，走近那个人。

他们弯下腰，看到一张被海水泡得发紫的脸，一个溺水者扭曲的、可怕的脸……

隆巴德说：

“天哪！阿姆斯特朗……”

第十六章

1

仿佛过去了亿万年……地球不停转动……时间仿佛静止……千万个世纪却飞逝而过……

不，实际上只过去了一两分钟。

两个人站在原地，低头俯视死去的人……

维拉和隆巴德慢慢地、慢慢地抬起头，凝视着对方的眼睛……

2

隆巴德笑了。

他说：

“原来是这样，维拉？”

维拉说：

“岛上没有一个人，一个人都没有，除了我们俩——”她的声音低得像是耳语，却刚好能被人听见。

隆巴德说：

“没错。那么，我们现在的处境很清楚了，是不是？”

维拉说：

“那个石头熊的把戏，到底是怎么演的？”

隆巴德耸耸肩膀。

“魔术，亲爱的，非常出色的魔术。”

他们的目光再次相遇了。

维拉想：

为什么我之前从没好好看过这张脸？这是一只狼的脸——露出可怕的獠牙……

隆巴德的声音如同野兽号叫，让人毛骨悚然。他说：

“演出该结束了。现在真相大白，这就是结局——”

维拉平静地说：

“我知道。”

她凝望着大海，昨天，也许是前天，麦克阿瑟将军眺望着大海，他也说过“这就是结局了”。

他用听天由命，几乎算得上是期待的口吻说出这句话。

但是对于维拉而言，这些话和这种想法让她觉得反感。

不，这不会是结局！

她望着死去的阿姆斯特朗，说：

“可怜的阿姆斯特朗医生——”

隆巴德讥讽道：

“你这是在干什么？出于作为一个女人的怜悯吗？”

维拉说：

“有什么问题？难道你没有怜悯之心吗？”

他说：

“你休想得到我对你的怜悯！”

维拉低头看着尸体，说：

“我们至少得把他捞上来，弄到屋里去。”

“让他也加入尸体派对，是吗？我看他待在这儿挺好。”

维拉说：

“至少，我们得把他搬到海水冲不到的地方。”

隆巴德笑着说：

“悉听尊便。”

他弯下腰，把尸体往上拉。

维拉紧挨在他身边，帮他一起使劲儿。她用尽全身的力气拉扯着尸体。

隆巴德气喘吁吁地说：

“这活儿可真不轻松。”

他们总算把尸体拖到海水冲不到的地方。

隆巴德直起身，说：

“这下，你满意了吧？”

维拉答道：

“非常满意。”

她的语气使他立刻警觉起来。

他转身把手伸进衣兜，兜里空空如也。他一下子全明白了。

此时，维拉站在离他几步远的地方，面对着他，举着手枪。

隆巴德说：

“原来这就是你作为女人的怜悯之情，为了掏走我的枪。”

维拉点点头，把枪牢牢地握在手里，毫不犹豫地举着。

死神朝隆巴德步步逼近，他从没离死神这么近过。

尽管如此，他依然没有被恐惧打倒。

他命令道：

“把枪给我！”

维拉笑了。

隆巴德说：

“听见了吗？把枪给我！”

他的大脑开始飞速运转。怎么办——用什么方法才能说服她——一定要稳住她——或者干脆给她一击——

在生活中，隆巴德从来都选择冒险的方式。现在也不例外。

他一字一句、严肃地说：

“听着，亲爱的维拉，听我说！”

突然，他一跃而起，像一只豹子，或任何一种猫科动物，敏捷地……

维拉本能地扣动扳机……

隆巴德跃起的身躯在半空中停顿了一瞬间，之后沉重地摔在岩石上。

维拉警惕地走过去，随时准备用手中的枪射出第二发子弹。

但完全没必要了。

菲利普 · 隆巴德已经断气，心脏被击穿……

3

维拉长舒一口气。

一切都过去了，她从没像此时此刻一样感到如此解脱。

再也没有恐惧，再也不用紧张……

岛上只剩她自己……独自一人……

除此之外，只有九具尸体……

这到底是怎么回事？她还活着……

她坐在原地……感到无比幸福……无比安宁……再没有一丝恐惧。

4

直到太阳即将沉入大海，维拉才站起身。

发生刚才那一幕后，她一直瘫软地坐在原地，一动也不想动。除了幸福和安全，她再也没有其他感觉。现在她突然感到了饥饿和困倦，主要是困倦，她想倒在床上久久地睡一觉。

明天也许就会有人来救她了。不过无所谓了，待在岛上也没关系。反正岛上只剩下她一个人，她什么也不怕了。

哦！安全……平静……

她站起身来，望着岛上那幢房子。

再也没有令人害怕的事。没有未知的恐惧等待着将她吞噬。这幢房子终于恢复成原本时髦的样子，和其他漂亮的建筑没有什么不同了。但就在早些时候，她只要看一眼那幢房子，就忍不住瑟瑟发抖。

恐惧——恐惧是一种多么古怪的东西……

啊，恐惧终于消失了。她胜利了。全凭自己果敢机智的判断，她成功渡过险境，扫清了一切威胁自己的障碍。

她走向屋子。

太阳缓缓落下，西边的天空出现一条条橙红色的霞光——一切都显得这样美丽安宁。

维拉想：

也许，这一切只是一场梦……

她太累了——筋疲力尽，四肢酸疼，眼皮很沉。终于不用担惊受怕……睡觉，她只想睡觉……睡觉……

终于可以睡个安稳觉了，岛上只剩她独自一人。只剩下一个小士兵。

她脸上浮现出一丝笑容。

她从房子前门走进去，房子里也充满了奇特的宁静。

维拉想：

按理说，没人敢在几乎每个房间都停着一具尸体的屋子里睡觉。

要不要去厨房找点儿吃的？

她犹疑片刻，决定还是算了。她太累了……

她站在餐厅门口，桌子当中还摆着三个小瓷人。

维拉笑着说：

“亲爱的，演出到此结束。”

她抓起两个小瓷人，从窗口扔了出去。石阶上传来小瓷人摔碎的声音。

她抓起第三个小瓷人，握在手里，说：

“我们胜利了，亲爱的，跟我来吧，我们胜利了！”

客厅在暮色中渐渐昏暗，维拉握着小瓷人，一步一步走上楼。

她两条腿一点儿力气也没有，步伐沉重而缓慢。

“一个小士兵，落单孤零零。”

下一句是什么？哦，对了！“欢喜结连理，自此无一人。”

结连理……奇怪，她为什么强烈地感觉到，雨果就在她的房间里……

维拉自言自语地说：

“别傻了，你太累了，才会出现这种幻觉……”

她慢慢地走上楼……

楼梯尽头，什么东西从她手上滑落，掉到柔软的地毯上，几乎没发出任何声响。她根本没意识到手枪从手里滑落，她只知道自己紧紧地握着一个小瓷人。

房子里真静啊！

不过……房间似乎并不是空无一人……

雨果在楼上等她……

“一个小士兵，落单孤零零。”

最后一句是什么来着？好像是结婚什么的？或者是别的什么来着？

她走到自己房间门前。雨果在里面等着她。她确信无疑，雨果在等着她。

她推开门。

倒吸一口凉气。

天花板的黑色大钩子上挂着什么？一条打了结的绳子？一把椅子摆在下方，一脚就能踢开的椅子……

这就是雨果想要的……

这才是童谣的最后一句话。

“悬梁了此生，一个也不剩。”

小瓷人从她手里掉落，滚落在地，在壁炉边撞碎了。

维拉麻木地向前走去。

这就是结局——这就是那只冰冷的、湿漉漉的手——当然是西里尔的手——曾经扼住她喉咙的地方……

"你能游到礁石那边去，西里尔……"

这就是一场谋杀——一场简单的谋杀。

但你从此再也无法忘记……

她登上椅子，眼睛茫然地凝视着前方，像一个梦游的人……她把绳套套在了脖子上。

雨果正看着她，看她踏上自己选择的归途。

她踢开了椅子……

尾声

苏格兰场派来调查本案的助理警察厅总监托马斯·莱格爵士生气地说：

“这个案子从头至尾都荒唐至极。”

梅因探长恭恭敬敬地说：

“是的，长官。”

托马斯·莱格爵士继续说：

“十个人，死了十个人，没留下一个活口。简直令人难以置信！”

梅因探长说：

“确实是这样，长官。”

托马斯·莱格爵士说：

“简直见鬼了！肯定有人把他们杀光了。”

“我们要调查的正是这个，长官。”

“验尸报告有什么值得关注的地方吗？”

“没有。瓦格雷夫和隆巴德遭到了枪击，前者头部中枪，后者心脏被子弹射穿。布伦特和马斯顿死于氰化物中毒。罗杰斯夫人服用过量的曲砜那，中毒而死。罗杰斯先生的头部被凶器劈开。布洛尔的头被砸烂。阿姆斯特朗溺水而亡。麦克阿瑟后脑遭到重击而亡。维拉是吊死的。”

莱格爵士身子不禁往后一缩，说：

“下手真狠啊！”

他思考了一会儿，怒气冲冲地说：

“你们还没有从斯蒂克尔黑文镇上的人嘴里挖到任何有用的线索？可恶，他们肯定知道些什么。”

梅因探长耸了耸肩膀。

“他们都是普通渔民，只是听说这座岛被一个叫欧文的人买下了。他们提供的全部线索就是这些。”

“欧文的代理人是谁？”

“莫里斯，艾萨克·莫里斯。”

“他说了些什么？”

“什么也没说，长官，他已经死了。”

莱格爵士皱了皱眉头。

“从这位莫里斯先生身上发现了什么线索没有？”

“是的，长官。我们发现了一些。他名声不好，三年前本尼托公司兜售假股票的案子和他有关。虽然我们没找到确凿的证据，但可以肯定，他脱不了干系。他还参与过贩毒，不过我们也没抓住他的什么把柄。莫里斯这个人办事非常小心。”

“这个岛拍卖之后，他就死了？”

“是的，长官，他一个人搞定了这笔买卖，号称是替第三方雇主买的，而且不肯泄露那个人的名字。”

“从交易账面上肯定能发现线索，你觉得呢？”

梅因探长笑了。

“如果你认识莫里斯，就知道什么线索都发现不了！他最会做假账，全国最好的会计也能被他骗了。我们在办本尼托那个案子时已经领教过了。他把他雇主的账面做得那叫一个天衣无缝。”

莱格爵士叹了口气。

梅因探长继续说：

“莫里斯和斯蒂克尔黑文的人联系好，并且把各项事务都安排妥当。作为欧文先生的代理人，他和镇上的人解释说，士兵岛上正在进行一场荒野生存比赛，看看他们能不能在这个荒岛上住一个星期。所以如果岛上发出任何求救信号，镇上的居民都不用当真。”

托马斯爵士挪了挪身子，不安地问：

“你的意思是说，镇上的人一点儿也没怀疑？难道没有人觉得这事有些奇怪吗？”

梅因探长耸耸肩，说：

“长官，有件事你可能忘了：士兵岛原本是埃尔默·罗布森先生的产业。那个美国人在岛上举办过各种奇怪的派对。一开始，当地人看到岛上的事，觉得很震惊，但慢慢地他们就习惯了。后来，岛上再搞出奇怪的动静，他们也见怪不怪了。长官，这么想的话，也是情理之中的事。”

莱格爵士面色阴沉，默认了他的说法。

梅因探长说：

“弗雷德·纳拉科特跟我说——就是他开船把这群人送上岛的——他说了一个对我们或许能有帮助的线索。他说自己第一次见到这群人的时候大吃一惊，因为这群人完全不像罗布森先生的客人。我想，可能正是因为他觉得这些人和以往的客人不同，看上去都是普通人，所以他看到救援信号以后才违背了莫里斯的指示，开着船去了岛上。”

“他和其他人是什么时候上岛的？”

“十一日那天早晨，一群童子军发现了信号。不过那天不可能有人出海。十二日下午风暴平息了之后，他们就马上出海了。他们一刻也没有耽搁，所以绝对不会有人在他们抵达之前逃跑。暴风雨过后，海上浪很大。”

“会不会有人从海里游走了？”

“士兵岛和海岸的距离有一英里。那天海上浪很大。而且，岸上有不少童子军以及其他人围观。”

莱格爵士叹了口气，接着问：

“你从房子里找到的那张唱片上发现什么问题了吗？”

梅因探长答道：

“我已经检查过了。制作这张唱片的公司专门为剧场和电影公司提供道具。他们把唱片寄给了莫里斯，通过他转寄给欧文先生，道具公司的人说，有人告诉他们这是一个业余话剧团为演出准备的。台词已经和唱片一起寄回去了。”

莱格爵士说：

“唱片的内容呢？”

梅因探长郑重其事地说：

“我正要说这个问题，长官。”他清了清喉咙。

“我仔细调查了唱片里提到的控告。先说最早上岛的罗杰斯夫妇。他们俩曾是布雷迪小姐的用人，后来，布雷迪小姐暴病而亡。医生对于死亡原因也没做出确切的解释，只是说这对夫妇肯定没有给布雷迪小姐下过毒。不过，这个医生本身也有值得推敲的地方，至少他没有尽到医生的职责。他的解释是，这种病不可能完全查清楚。

“然后再说说劳伦斯·瓦格雷夫法官。这个人没有任何问题。他是审判塞顿案的法官。我插一句，塞顿是有罪的——这件事确凿无误。证明塞顿有罪的证据是在他被处决之后才发现的。他确实是罪有应得。然而，当时，在宣判的时候，大家议论纷纷，十有八九认为塞顿是无辜的，法官是假公济私。

“维拉小姐曾经是一位家庭教师，她所服务的这户人家发生过一起溺亡案。不过似乎和她没有什么关系。她当时表现得非常勇敢，游到大海里去救人。如果她没有被及时救上来，估计连她自己的命都丢了。”

“你继续说。”莱格爵士叹了口气。

梅因探长深吸一口气：

“阿姆斯特朗医生是位名医，在哈里街开了一家诊所。他在专业技术方面无可挑剔。关于唱片上对他的指控，我们没有发现任何线索。不过一九二五年的时候，他确实在莱特莫尔医院给一个叫克利斯的女人做过手术。那个病人患了腹膜炎，后来死在手术台上。也许阿姆斯特朗医生当时对这种手术操作还不熟练，经验不足，但怎么说也不算犯罪。肯定不存在犯罪动机。

“再说埃米莉·布伦特小姐，比阿特丽斯·泰勒曾经是她的用人，后来未婚先孕，被她赶出门，投河自杀了。布伦特小姐这件事做得确实很无情，但也没构成犯罪。”

“问题就在这里。”莱格爵士说，“欧文先生所办的，正是法律无法解决的案件。”

梅因探长按照名单，面无表情地继续说：

“年轻的马斯顿开车超速，被吊销过两次驾驶执照。要我说，早就不该让他继续开车。唱片里对他的控告也提到这一点。他在剑桥附近撞死了两个小孩，一个叫约翰·库姆斯，另一个叫露西·库姆斯。马斯顿的几个朋友替他作担保，他交了罚款以后被保释了。

“关于麦克阿瑟将军，我们没找到任何明确的线索。他在一战中的表现很好，平时生活中也一样。阿瑟·里奇蒙是他在法国服役时的部下，后来在战争中身亡。我们发现将军和他之间没有什么仇恨，反而是很好的朋友。战争往往是无情的，长官指挥错误，叫下属白白牺牲这种事，并不罕见，也许麦克阿瑟将军也犯过类似的错误。”

“很可能。”莱格爵士说。

“我们接着说菲利普·隆巴德。他在国外混了几年，干过几笔不道德的勾当，有那么一两次险些送命，但他后来还是成功脱身。大家都知道他是一个胆大鲁莽的人。他有可能在一些偏远的地方杀过人。

“布洛尔，”梅因探长犹豫了一下，“他以前和我们是同行。”

莱格爵士身子微微一动。

“布洛尔，”莱格爵士慢慢吐出这个名字，“不是个好东西。”

“你一向这样认为吗，长官？”

莱格爵士说：

“我一直这么认为。他非常狡猾，几次逃脱法律的制裁。我认为，当年在兰道那个案子里，他做了伪证。我当时就很怀疑他，但一直找不到证据。我派哈里斯去调查这件事，也没发现什么证据。现在我仍然相信，假如当时我们从合适的地方下手，肯定会挖出一些证据来。这个人绝对不是正人君子。”

安静了一会儿，两个人相对无言。

莱格爵士问：

“你刚才说，莫里斯已经死了？他是什么时候死的？”

“我猜到你会问我这件事，长官。莫里斯的死亡时间是八月八日夜里。据我了解，他是服用了过量的巴比妥安眠药致死。暂时还不能确定是他杀还是自杀。”

莱格爵士慢慢地说：

“你知道我在想什么吗，梅因？”

“我大概能猜到，长官。”

莱格爵士心事重重地说：

“莫里斯死得也太凑巧了！”

梅因探长点点头，说：

“我想你就会这么说。”

莱格爵士一拳砸在桌子上：

“这太匪夷所思了！十个人被杀死在一个光秃秃的小岛上——我们既不知道是谁干的，也不知道他为什么要这么干，更不知道他是如何下手的。”

梅因探长咳嗽了一声：

“也不是完全不知道，长官。我们多少掌握了一些线索。某个对正义怀有奇怪想法的人一直寻找那些法律无法制裁的人。一共找到了十个，也不在乎他们是不是真的有罪——”

莱格爵士激动起来。他严厉地说：

“他不在乎？我觉得——”他忽然停住口，梅因探长恭敬地等着他说下去。

莱格爵士长叹一口气，摇了摇头。

“你继续说吧，”他说，“我刚才忽然觉得找到了一些线索。可是一说出来，又没了头绪。你继续说吧。”

梅因继续说：

“他找到了十个即将被……处决的人。我暂时用‘处决’这个词吧。后来这十个人都被处决了。欧文先生完成了他的任务，想方设法从岛上逃走了。”

莱格爵士说：

“真是一流的逃脱术。不过梅因，这世上没有不能解释的事。”

梅因探长说：

“长官，你是否在想，假如凶手从来没有到过士兵岛，自然也就不存在离开这座岛的问题了？根据一些人提供的情报，确实没有其他人登上过士兵岛。如此一来，唯一的解释就是，这个凶手就在他们十个人当中。”

莱格爵士点点头。

梅因探长兴奋地说：

“我们早就想到这一点了，长官。经过搜查，我们至少比士兵岛一案刚刚发生的时候，掌握的资料更多了。维拉·克莱索恩留下一本日记，埃米莉·布伦特也留下了一本日记。瓦格雷夫写了一些笔记，不过全是有关法律的，用词隐晦，内容却非常清楚。布洛尔也写下了一些东西。这些证词之间没有出入。他们死亡的顺序是这样的：马斯顿，罗杰斯太太，麦克阿瑟将军，罗杰斯先生，布伦特小姐，瓦格雷夫法官。瓦格雷夫死了以后，维拉·克莱索恩的日记上记录了阿姆斯特朗半夜离开房间，布洛尔和隆巴德出门找他。布洛尔在他的笔记上也记录了这一点，但只写了一句话：'阿姆斯特朗失踪了。'

"长官，根据这些记录，我们似乎可以通过这样一个结论来解释整个案件。有一个细节你肯定还记得，阿姆斯特朗是溺水而亡。假设阿姆斯特朗是那个疯狂的凶手，那么他完全有可能在杀死其他人以后，跳崖自杀。

"这个结论看似合理，只可惜并不能成立。长官，这个结论完全不能成立。首先，法医在八月十三日清晨到达士兵岛，根据法医的化验结果，当时这些人的死亡时间已经超过三十六小时，或许比三十六小时更长。法医能确定的只有这个。法医认为，阿姆斯特朗的尸体在水中浸泡了八至十个小时，然后才被冲到岸上。由此可以推断，阿姆斯特朗应该是在十日至十一日夜间某个时间溺水的。我来解释一下这样推算的原因。我们找到了阿姆斯特朗的尸体被海水冲上来的地方，他的尸体卡在两块礁石之间，石头上还卡住了一些碎衣服和头发。他一定是在十一日夜间涨潮时被冲上来的，也就是说，应该是在十一日晚上十一点左右。后来，风暴停了，涨潮留下的水位痕迹比这里低得多。你也许会认为，阿姆斯特朗是先杀死其他三个人，然后跳海自杀。但这样说的话，又有一点无法解释：阿姆斯特朗的尸体是被人拖到潮水冲不到的地方，笔直地放在地上——显然，这证明了一件事，阿姆斯特朗死后，岛上还有人活着。”

他停了一下，继续说：

“究竟该如何解释这件事？十一日清晨的情况是这样的：阿姆斯特朗失踪——淹死——了，还剩下三个人，隆巴德、布洛尔和维拉。隆巴德中弹身亡，他的尸体也在海边，就在阿姆斯特朗的尸体旁边。维拉在自己的房间里吊死。布洛尔的尸体在屋外，被窗户上落下的大石头砸中了脑袋——”

莱格爵士打断他，大声问：“谁的窗户？”

“维拉房间的窗户。现在我们来分析一下这三个人当时的情况，长官。先说隆巴德。假设他先扔下那块大理石，把布洛尔砸死，随后又给维拉服下了麻醉剂，把她吊死。最后他走到海边，开枪自杀。可如果这样的话，又是谁把他的枪拿走了？因为手枪最后是在房子里被我们发现的，就掉在瓦格雷夫房间门口。”

莱格爵士问：

“枪上有没有发现指纹？”

“有，指纹是维拉·克莱索恩的。”

“天哪，那么——”

“我知道你要说什么，长官。你可能想说是维拉·克莱索恩先用枪把隆巴德打死，然后带着手枪回屋，把大理石砸到布洛尔头上，最后上吊自杀。这种推断似乎是合理的，但是有一点很奇怪：她房里有一把椅子，椅子上有和她鞋上沾的相同的水草。所以她当时应该是站在椅子上，把绳圈套在脖子上，然后踢开了椅子。

“但是，我们发现那把椅子时，它并不是被踢倒的，而是和房间里其他几把椅子一样，整整齐齐地靠墙放着。这肯定是维拉死了以后，别人放在那儿的。

“现在只剩下布洛尔。如果你以为是布洛尔先把维拉吊死，然后走到屋外，用绳子拉下大理石把自己砸死——我可不相信。没有人会用这种方法自杀，更何况是布洛尔这种人。我们都了解布洛尔，他绝不是那种会为正义献身的人。”

莱格爵士说：

“你说得对。”

梅因探长接着说：

“所以，长官，除了他们十个人之外，还有一个人在岛上。这个人杀光了所有人，之后做了善后工作。问题是，他一直藏在什么地方？现在逃到哪儿去了？斯蒂克尔黑文镇上的人异口同声地说：‘不可能有人在救援船抵达士兵岛之前离开。’照这么说的话——”

他停住口。

莱格爵士说：

“如果是这样的话——”他长叹一声，摇了摇头，挪了挪身体。

“如果真是这样的话，”他说，“到底是谁杀死了他们？”

拖网渔船爱玛·珍号船主寄给苏格兰场的手稿

从小时候起，我便认识了自己的本性。我是各种矛盾的集合体。首先要说的是，我喜欢浪漫的幻想，到了无可救药的地步。儿时阅读探险小说的时候，每当看到有人把重要的文件装在瓶子里投入大海，我总会莫名的激动万分。时至今日，这种激动的感觉仍在，所以我就用了这种漂流瓶的方法，写下我的自白，装在瓶子里，把瓶子密封，投入大海。我的漂流瓶或许有百分之一的可能被某个人拾起来，如果真能如此幸运的话——也许我太过乐观——这起悬而未决的神秘谋杀案就能大白于天下。

除了浪漫幻想，我的性格中还有其他矛盾之处。死亡总能激起我的兴趣，我喜欢亲眼看见或者亲手制造死亡。我依然记得用黄蜂做解剖实验，还解剖花园里的各种虫子。从小时候起，我就知道自己对杀戮有着无比强烈的欲望。

但是，与上述性格特点矛盾的是，我同时还拥有一种强烈的正义感。我痛恨因为我的所作所为让无辜的人或生物遭受磨难或者死亡。我一直深深地感到，正义应该战胜一切。

因此，不难理解，至少心理学家很容易理解，我之所以选中法律作为终身职业，正是基于自己的这种心理状态。法律工作几乎可以满足我本性的每一个特点。

罪恶和惩罚永远吸引着我。我酷爱阅读各种侦探小说和恐怖故事。我想出各种极为巧妙的谋杀方法作为消遣。

过了许多年，我成为一名法官。蛰伏在我体内的另一类天性受到了鼓舞，逐渐浮出水面。每当我看到一个倒霉的罪犯在被告席上痛苦挣扎，受尽折磨，死亡一步步向他逼近时，我总能感到莫大的快乐。不过，如果站在被告席上的是一个无辜的人，我不会产生半点儿快感。至少有两次，我因为明白被告是无辜的，而中止了审判，并向陪审团提出对被告的指控不能成立。不过，我要感谢警察部门的公正和效率，绝大多数被押到法庭上受审的被告都是有罪之人。

现在我想谈一谈爱德华·塞顿的案子。他的外表和行为举止很容易误导别人，让人产生错觉，所以他给陪审团留下了良好的印象。但是根据我这么多年来对罪犯的了解，虽然证据并不是明显确凿的，但我确定对这个人的犯罪指控绝对属实：他残忍地谋杀了一位信任他的老妇人。

我被人称为“穿法袍的刽子手”，但我觉得这样的称呼对我并不公平。我办案时一向秉公执法，结案时措辞十分严谨。

我需要做的是避免陪审团感情用事，让陪审团免受某些律师具有煽动性的辩护词的影响。我总会引导陪审团的注意力，让他们关注事实。

久而久之，我发现自己的内心发生了很大的变化。我越来越不能控制自己，我想不受法官身份的约束，自己行动。

让我坦白说吧，我想亲手杀人。

我意识到这就像一位艺术家极力想表现自我一样！没错，我想变成一个犯罪学艺术家。我被法官这个职业所束缚，我的想象力被压抑着，逐渐变成一股巨大的力量。

我一定要亲手杀人！

最重要的是，我不想用普通的方式杀人。我的杀人方式必须与众不同，具有艺术感与仪式感，让人感到奇妙，非常震撼。在这方面，我自认为具有非凡的想象力。我想做出极具戏剧性的事，把异想天开变为现实。

我要杀人……没错，我要杀人……

但是，有人会觉得我很矛盾，因为我仍受到与生俱来的正义感所带来的约束和压抑，我认为无辜的人不应该死。

后来，我心中涌出一个绝妙的想法。这个想法是在一次与人闲聊时，他人偶然的一句话带给我的灵感。与我聊天的是一位医生，一位普通的无名医生。他偶然提到，有的凶手犯下的罪不受法律制裁。

他给我举了一个例子，是他最近医治的一个病人。他认为这个老妇人的死因是那对照料她的夫妇故意不给她服急救药，而且这对夫妇能在老妇人死后得到很大一笔遗产。他说，这种事情很难找到证据，但他对夫妇俩的罪行深信不疑。他又跟我讲了许多类似案件……凶手狡猾狠毒，把法律玩弄于股掌之上。

这就是整个故事的开端。我当时豁然开朗，不仅要杀人，而且要做成一系列杀人案。

有一首关于十个小士兵的歌谣，自童年起就一直让我着迷。我两岁时就被它迷住了。童谣里提到的小士兵越来越少，有一种在劫难逃的宿命感。

我开始秘密地搜寻牺牲品。

我不想在这里赘述搜集案件的细节。我遇到每个人之后都按照一定的程序进行谈话，结果收获惊人。

住院期间，我收集了有关阿姆斯特朗医生的案子。照顾我的护士是一位主张戒酒的激进人士，她热心地向我证明酗酒的恶果，并给我讲了一件真人真事。几年前，医院里有位医生喝醉酒之后给病人动手术，结果病人被他误杀了。后来，我假装无心地打探到这个护士以前的工作地点，以及相关细节。很快，我便收集到必要的线索，不费吹灰之力就查清了肇事医生的情况和遇害者的故事。

在俱乐部和两个老军人闲聊的时候，我发现了麦克阿瑟将军。从一个从亚马孙河回来的人口中，我知道了菲利普·隆巴德。从玛约喀来的一位先生愤愤不平地给我讲述了清教徒埃米莉·布伦特和她那死去的女仆的故事。我从一大堆和安东尼·马斯顿犯了同样罪行的杀人犯中，选中了他。我觉得他对自己撞死两个孩子的罪行无动于衷，是对人类生命的亵渎，这种态度使他成为社会上的危险分子，不应该继续留在世上。前警察布洛尔被列入我的名单属于情理之中的事。我的一些同事曾经十分坦率地讨论过兰道的案子，当时我就认为他作伪证的情节十分严重。身为警察，法律的公仆，必须是正直的人，因为别人总会相信警察的证词。

最后一个是维拉·克莱索恩。她的事情是我在乘船横渡大西洋时听到的。一天深夜，吸烟室里只剩下我和一个相貌英俊的年轻人，他名叫雨果·汉密尔顿。雨果看上去郁郁寡欢，借酒消愁，对我酒后吐真言。起初，我并没有抱很大希望，但还是按照特定的模式，开始和他交谈。

事实证明，我的收获出乎意料。至今我还能记得他说的话。他说：

"说得对，谋杀并不像大多数人心中想的那样，像在食物中下毒，把人从悬崖上推下去这么简单直接。"他凑过身子，脸几乎贴在我脸上，说，"我认识一个女凶手。告诉你，我认识她，更关键的是，我还爱过她……天哪，有时我觉得自己仍然爱着她……地狱……这种感觉就像是生活在地狱……你知道吗，她这样做有一部分原因是为了我……我可做梦也没想到，这个女人心肠太狠……太狠毒了……谁也不会想到这么一位美丽、直率、开朗的姑娘……会做出这种事！她把一个小孩子带到海边，让他淹死了……你能想到一个女人会干出这种事吗？”

我问他：

“你确定她是故意这么做的吗？”

他的神志似乎突然清醒了，回答说：

“我百分之百确定。除了我以外，谁都没有想到是她。但是，出事后我第一眼看到她的时候，就明白了。后来，她也发现我知道是她——她永远也不知道我有多爱那个孩子。”

他没有继续往下说，但这些信息足够让我顺利地把整个故事的来龙去脉搞清楚。

我只需要找到第十个牺牲品。

我发现了一个叫莫里斯的人。他干了不少缺德事，比如说，他擅长做的一种勾当就是贩毒，应该对我的一位朋友的女儿吸毒负责。这个女孩子二十一岁就自杀了。

在寻找这些牺牲品的时候，我心中的计划也逐渐酝酿出来。我只需要选择一个动手的时机。最后，助我一臂之力的是哈里街的一家诊所。我以前就在这里动过一次手术。这次到哈里街看病让我更加清楚，什么手术于我而言都是徒劳。我的医生巧妙地隐瞒了坏消息，可是久病的我早就能领会他们的言外之意了。

我没有把自己的决定告诉医生。我绝对不要缠绵病榻、受够了病痛折磨以后再撒手人寰。不，我的死应该是激动人心的，我要在死前好好享受生命！

我现在说说士兵岛系列谋杀案的具体方式。利用莫里斯掩盖自己的身份，购置这个小岛是易如反掌。莫里斯干这种事很在行。我仔细研究收集到的几个牺牲品的资料，为他们每个人下了一个合适的诱饵。按计划进行，没有出一个差错。八月八日，我的猎物全都登上了士兵岛，还包括我自己。

我在动身之前就把莫里斯安排妥当。莫里斯患有消化不良。离开伦敦之前，我给了他一粒药，让他睡前服用。我告诉他，我自己胃酸过多时吃这种药，效果出奇的好。他毫不犹豫地把药收下。莫里斯是个疑心很重的人，办事格外谨慎。我一点儿都不担心他会留下什么文字档案暴露我的身份。他不是这种人。

岛上的死亡顺序是经过我深思熟虑之后悉心安排的。我的客人们所犯下的罪行轻重程度各不相同。我决定让罪恶程度轻的人先死，他们不用像心肠更狠毒的杀人犯一样遭受长时间的折磨。

安东尼·马斯顿和罗杰斯太太先死。他们俩一个死于一瞬间，另一个在睡梦中安静地死去。马斯顿缺乏责任感，是一个不讲道德的异教徒。罗杰斯太太参与了害死雇主的事，但我知道她很大程度上是受了她丈夫的影响。

我没必要把这两个人死亡的来龙去脉描述一遍，因为警察很容易就可以查明死因。打着除黄蜂的幌子，任何业主都可以轻易买到氰化钾。我随身带了些氰化钾，趁着留声机宣布完对每个人的指控，所有人乱成一团的时候，轻而易举地把氰化钾放进了马斯顿几乎见底的酒杯里。

在留声机播出对每个人罪行的指控时，我非常仔细地观察了他们每个人的面部表情。凭借自己多年来在法庭上的经验，我确定所有人都是有罪的。

最近一段时间我经常头痛，医生给我开了一种安眠药，曲砜那。我慢慢地攒了不少药片，剂量足以致人于死地。罗杰斯给他妻子端来白兰地之后，把杯子放在桌上。我从桌子旁边经过的时候轻松地把药粉投进酒里。这一点儿也不费力，当时所有客人还没有起疑心。

麦克阿瑟将军平静地接受了死亡。他没有听到我从他身后走过去的声音。当然，我选准时间离开露台，不留一丝破绽。

如我预料，岛上随后进行了一次大搜查。结果，除了我们七个人之外，岛上没有发现其他人。这样一来，岛上的气氛一下子变得非常紧张。按照我的计划，我必须尽快找到一个同伙。我选择了阿姆斯特朗医生，因为他容易相信他人。根据我的地位和外表，他觉得像我这么德高望重的人不可能是杀人凶手。他的所有疑点全部集中在隆巴德身上，所以我假装和他的观点相同。我暗示他说我有一个计划，能让杀人犯中计，暴露自己。

屋子已经被搜查过了，但每个人还没有被搜身。不过，注定过不了多久就会搜身了。

我在八月十日早晨杀死了罗杰斯。他正在砍柴，准备生火做饭，没有听到我走过去。我在他兜里发现了餐厅门钥匙，前一天晚上他把门锁上了。

趁大家发现罗杰斯的死而乱作一团时，我溜进隆巴德的房间，拿走了他的枪。我知道他会随身带一把枪。其实在莫里斯约见隆巴德之前，我就特意嘱咐他提醒了隆巴德。

早饭时，趁着给布伦特小姐第二次倒咖啡的时机，我把曲砜那放到她的咖啡里。我们把她独自留在餐厅，过了一会儿，我趁机溜回去——她当时几乎已经失去了知觉，我轻而易举地把强氰化物注射进她体内。招来黄蜂助兴这件事，我承认自己有些孩子气，但是我喜欢让每个人的死法和童谣里的小士兵相同。

在这之后，一切正如我所料。其实搜身还是由我提议的。所有人都希望进行一次彻底的搜查。我把手枪藏了起来，氯化物和氰化物也已经都用完了。

这时，我对阿姆斯特朗说，我们的计划需要尽快展开。计划很简单，我必须装死。这样一来可能会让凶手心慌意乱，无论如何，只要别人都认为我死了，我就能在房子里自由活动，偷偷观察凶手的行动。

阿姆斯特朗非常支持我的计划。当天晚上，我把一小块红泥抹在额头上，早早准备好红窗帘和灰毛线，并把四周仔细布置了一番。房间里只有闪烁不定的烛光，唯一近身检查我的人是阿姆斯特朗医生。

这个计划的效果非常好。维拉小姐发现我放在她房间的水草之后尖声大叫，叫声几乎掀翻了屋顶。所有人都冲上楼，于是我趁机伪装成一个新的受害者。

他们发现我死了以后的反应正如我所料。阿姆斯特朗熟稔地演了一出戏。他们把我抬上楼，放在我床上，此后再没有人顾得上我了。他们相互猜疑，心中充满了恐惧，一个个吓得要死。

我和阿姆斯特朗半夜在屋外碰面，时间是午夜两点差一刻。我把他带到房子后面悬崖边的一条小路上。我对他说，如果有人走过来，我们从这个地方可以及时发现；房子卧室都朝着另一个方向，屋里的人不会发现我们。他直到那时也没有怀疑我。其实只要他还记得童谣的这一行："四个小士兵，结伴去海边；青鱼吞下腹，四个只剩三。"就应该猜到点儿什么并有所警觉。可是他没把青鱼放在心上。

非常简单。我往悬崖下面看了看，惊叫了一声，然后让他往下看，看悬崖上是不是有一个洞。他马上俯身往下张望。我马上用力推了他一把，他一头栽进波涛汹涌的大海。我回到房子里。布洛尔一定是在此时听到了我的脚步声。我来到阿姆斯特朗的房间，待了几分钟，然后又离开房间。故意搞出动静，让别人听到。我刚走下楼梯，就听见一扇门打开了。我走出前门时，他们一定能看到我的背影。

犹豫了一两分钟，他们才开始跟踪我。我绕到房子后面，通过自己事先打开的餐厅窗户回到屋子里。我关上窗户，过了一会儿又把玻璃打碎。然后走上楼，重新躺在床上。

我盘算好了，他们肯定会重新搜查一遍这幢房子，而且我猜到他们不会仔细检查每具尸体，顶多是拉一拉床单，看到尸体不是阿姆斯特朗伪装的就转身走了。一切都如我所愿。

我忘记说明一下，此时我已把手枪放回隆巴德的房间里了。或许有人对我把手枪藏在什么地方感兴趣。我把手枪放在贮藏室的罐头里面了。我从一堆罐头里拿出最底下的一筒，我记得里面装的是饼干，把手枪塞进去，重新把罐头封好。

和我预料的一样，没有人怀疑这一堆看起来尚未开封的罐头。特别是上面的罐头都是焊封好的。

我把红色窗帘平铺在客厅一把椅子的棉布套底下，藏得严丝合缝。把毛线藏在一个椅垫里，在椅垫上割了一个小口。

我等待着最后的时刻。剩下的三个活着的人彼此怀疑，彼此害怕。他们什么事情都做得出来，尤其是其中一个还随身带着一把手枪。我透过窗户监视他们。当布洛尔独自走回房子时，我把早已准备好的大理石悬挂好。就这样，布洛尔退出了游戏。

我从窗户里看到维拉开枪打死了隆巴德。她真是一个集胆量与智慧于一身的姑娘。我从一开始就觉得，在与隆巴德的对决中，她会略胜一筹。他们的决斗一结束，我赶紧在她房间里布好了机关。

这是一次有趣的心理学试验。出于认清了自己的罪恶，出于敏感的神经，出于杀人之后的恐惧感，加上周围环境的催眠作用，这些力量加在一起，是否能让她做出轻生的举动？我相信可以。结果，我猜对了。我站在衣橱的阴影里，亲眼看着维拉·克莱索恩悬梁自尽。

现在是最后一步。我走出来，把踢翻的椅子搬开摆在墙边。捡起这个姑娘掉在楼道里的手枪，拾起枪的时候，我格外小心，让枪上保留下她的指纹。

现在呢？

我现在要把这篇文章收尾，把它装进一只瓶子里密封好，然后再把瓶子投入海中。

为什么呢？

对啊，为什么呢？

因为我决心制造一件无人能解的神秘谋杀案。

直到现在我才明白，艺术家永远不会只满足于创造艺术。他渴望自己的艺术得到世人的青睐，这是人性使然。

我必须承认，尽管有些不好意思，但我必须承认自己也被这种天性所驱使，我想让别人知道，在谋杀这门艺术领域，我实属天赋异禀……

综上所述，我认为士兵岛神秘谋杀案会永远是个谜。当然，警察也许比我预想的聪明。毕竟这里有三条线索可供追踪。第一条线索：警方清楚爱德华 · 塞顿是有罪之人，因此他们可以推断出岛上的十个人当中，有一人无论从什么角度讲都不是杀人凶手。由此倒推过去，这个人就应该是执行法外正义之人。第二条线索隐含在童谣的第十四句中。阿姆斯特朗的死和“青鱼”有关，他上当了，也就是说他是被“青鱼”所骗。这说明当事情发展到一定程度时，有人故意转移了别人的注意力，让阿姆斯特朗上当。这是解决疑案的重要线索之一。当时岛上除了他只剩下四个人，我是四人之中他唯一可以信任的人。

第三条线索：我的死亡方式所具有的特殊象征。我在前额上留下一个红色的记号，这是该隐的标志[①]。

还有一些话要交代清楚。

把这个装着信的瓶子扔进大海以后，我会回到我的房间，躺在床上。我的眼镜上系着一根看上去像黑线的绳子，实际上是一根橡皮筋。我会用整个身体的重量压住眼镜，把皮筋套在门把手上，不要勒得太紧，把手枪套在皮

①据《圣经 · 创世纪》，该隐杀死他的兄弟亚伯，该隐的父亲在他脸上做了一个记号。

筋上面。我想，接下来要发生的事是这样：

我把手帕裹在手上，扣动扳机，我的手落到身旁，枪在橡皮筋的作用下向门口弹去，被门把手挡住，从橡皮筋上掉下来落在地上。橡皮筋弹回来，这样，我的眼镜上会垂下一段橡皮筋，但应该不会引起人们的注意，还有一条落在地板上的手帕，也不会引人注意。

我会端正地躺在床上，子弹穿过我的前额，正如其他受害者所记载的一样。验尸时无法判断我死亡的确切时间。

海面归于平静之后，岸上的人会开来小船。

他们能够发现的，只有躺在士兵岛上的十具尸体，和一个无人能解的谜。

劳伦斯·瓦格雷夫

And Then There Were None
Copyright © 1939 Agatha Christie Limited. All rights reserved.
© 2013 Letter for Chinese Reader, New Star Edition by Mathew Prichard
www.agathachristie.com
AGATHA CHRISTIE, AND THEN THERE WERE NONE, Agatha Christie® and the AC Monogram Logo are registered trade marks of Agatha Christie Limited in the UK and elsewhere. All rights reserved.
Published by agreement with ACL.
Simplified Chinese edition copyright: 2025 New Star Press Co., Ltd.

图书在版编目（CIP）数据

无人生还 ：精装纪念新版 /（英）阿加莎 · 克里斯蒂著 ；夏阳译 . — 5 版 . — 北京 ：新星出版社，2025.5

ISBN 978-7-5133-5028-0

Ⅰ . ①无⋯ Ⅱ . ①阿⋯ ②夏⋯ Ⅲ . ①侦探小说－英国－现代 Ⅳ . ① I561.45

中国版本图书馆 CIP 数据核字 (2022) 第 158492 号

午夜文库
谢刚 主持

无人生还（精装纪念新版）

[英] 阿加莎 · 克里斯蒂 著；夏阳 译

责任编辑： 王 欢
统筹编辑： 王 欢
责任印制： 李珊珊
封面插图： 宣 和
封面设计： 周伟伟

出版发行： 新星出版社
出 版 人： 马汝军
社　　址： 北京市西城区车公庄大街丙3号楼　100044
网　　址： www.newstarpress.com
电　　话： 010-88310888
传　　真： 010-65270449
法律顾问： 北京市岳成律师事务所

读者服务： 010-88310811　service@newstarpress.com
邮购地址： 北京市西城区车公庄大街丙 3 号楼　100044

印　　刷： 北京天恒嘉业印刷有限公司
开　　本： 889mm × 1092mm　1/32
印　　张： 9.5
字　　数： 101千字
版　　次： 2025年5月第5版　2025年5月第1次印刷
书　　号： ISBN 978-7-5133-5028-0
定　　价： 65.00元

版权专有，侵权必究；如有质量问题，请与印刷厂联系调换。